樂在學習

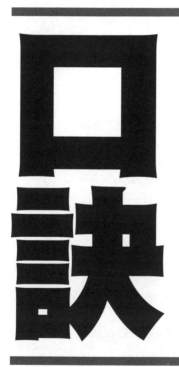

英文秒殺

頂尖英文名師

李正凡 —— 著

英文文法史上的空前創舉，
寫給所有為英文所苦的人！

文法╳單字
閱讀╳寫作

65 個秒殺口訣
搞定所有英文難題！

口訣

大公開

MNEMONIC
RHYME

第一篇 ⏱ 文法篇

第二篇 🕐 單字篇

第三篇 🕐 閱讀篇

第四篇 🕐 英文寫作篇

第五篇 🕐 英文好, 人生是彩色的

序——

　　《英文秒殺口訣大公開》這本書是英文學習類書籍的創舉，市面上從來沒有出現過這樣的書籍。

　　有人一窩蜂地寫「大塊頭」的英文文法書，其實裡面有一半以上的文法都不會用到，這類書籍好像是要把每個人都教成比 native speakers 更專精文法的文法專家。

　　有人不厭其煩地寫書教導美式發音，可是英文不再是專屬於美國人或英國人的語言，它已脫離本土性而成為全球性語言了，因此，隨著數位化時代來臨，全球英語腔的時代也跟著來臨。

　　有人執意寫「字首、字根、字尾」的英文字彙書，殊不知，這種內容大同小異的書充斥在坊間各個書店裡。有人偏執狂地寫英文閱讀書籍，卻只是將英文文章翻成中文，列出文法句型與單字片語，或者是介紹「長篇大論」的閱讀技巧而已。

　　相較上述這些情形，本書絕不「炒冷飯」，將複雜化的規則、技巧，利用幾個字編成易懂、易聯想的口訣，讓你在學英文時遠離「背多分」，以理解、聯想代替背誦，更有效率地學習英文。

　　此外，本書強調的「口訣」，絕不是教你死背，而是以聯想的方式將口訣想出來。例如：秒殺頻率副詞的口訣是「次數多寡」，教你由「頻率」聯想到「次數」，因此 always（總是）、usually（通常）、seldom（不常）皆與次數有關，所以都是頻率副詞。秒殺副詞子句的口訣是「逗點以後是主詞，前面的子句是副詞子句」，教你由「逗點」後的主詞，聯想到前面的子句是副詞子句，如 When I was a boy, I liked to swim. 套用此口訣便可以輕鬆得知，「逗點後是主詞」，前面的 When I was a boy 是副詞子句。

　　如何判定 Wh～／How 等字是疑問詞或連接詞時，它的口訣是「Wh～／How～？問號時無連接詞的功能；Wh～／How～.

句點時則有連接詞的功能」。如 Who are you? 結尾是問號，無連接詞的功能，只能出現一個動詞；I know the person who stands there. 結尾是句點，有連接詞的功能，可以出現兩個動詞。上述這些例子皆是以口訣聯想的方式，讓你清楚知道如何使用，無需死背。

　　雖然網路上有一些標榜以理解方式學習英文的教學，但事實上往往「換湯不換藥」！有人在網路上教大家如何搞懂「the」定冠詞的用法，一講就講了將近半小時。若是我來講的話，一個口訣加上解釋例句，不到一分鐘即可輕輕鬆鬆解決。也有人在網路上講解文法解題的速成法，然而此種速解法以偏概全，難怪有讀者向我反映以此種方法解題，只能解決一小部分的題目，而無法全面通殺。本書的口訣可以應用在 90% 的情況下，即使有例外也會特別指出，絕對不會為了將解題簡約化而以偏概全，導致無法適用於大部分的情況。

　　我參加過無數次的英文教學研討會，也曾經發表過十多篇的論文，但是理論真的可以作為英文教學的基礎嗎？倘若真的可以的話，一場又一場研討會不斷在開，也不見國人的英文有顯著的成長，花時間、花大錢卻不見成效！國內的英文教學已走到瓶頸，把不是那麼困難的事情複雜化。有鑑於此，最近這幾年來，我致力於將我教授英文二十多年的經驗寫成書，讓更多人可以使用這套有系統的方法，將英文學好！我拋棄繁雜的理論，強調學習方法的合理性與適用性。

　　雖然後天學習任何一種語言都不是簡單的事，但是絕對有方法可以將它較為簡化、較為容易學習，不至於花了時間、金錢，英文還是原地踏步，似乎將學習英文變成一件 "Mission Impossible"（不可能的任務）。

　　「秒殺口訣」是一種「超給力」的聯想法，並無任何理論作為基礎，只有以人體工學為唯一的考量，提供想學習英文的人另類 "alternative" 方法，以快速理解與聯想的方式 KO 這些原本繁

複的文法規則、單字、片語，使你的英文學習「立馬見效」！

　　延續上一本書《秒殺英文法：你所知道的英文學習法99% 都是錯的》，不談理論，只談方法。本書分成五篇，篇篇針對一個主題提供秒殺口訣，讓學習英文也可以成為 "Mission Possible"（可能的任務）。

　　第一篇「文法篇」接續上一本書，同樣以口訣的方式介紹秒殺英文法，讓同學可以將惱人的文法公式拋諸腦後，以有系統的聯想方式 KO 常用的英文文法。

　　第二篇「單字篇」介紹獨家的「枝狀圖聯想法」，KO 英文一字多義。例如 "carrier" 的意義包括「貨運公司」、「搬運工」、「郵差」、「帶原者」、「航空母艦」。發揮想像力，先找到大樹「郵差」為中心，再找它的樹枝連結成一枝狀圖—「郵差」在「貨運公司」當「搬運工」，搭上「航空母艦」碰到「帶原者」。如此一來，便可以形成一種圖像，深深刻在腦海記憶中。

　　第三篇「閱讀篇」以「3 詞 KO 法」與「金銀銅鐵法」秒殺英文文章與《經濟學人》。不像坊間的書以文法切入講解《經濟學人》，而是以單字片語為重心，搭配「秒殺口訣」，讓你真的可以讀懂《經濟學人》。

　　第四篇「英文寫作篇」以 8 字箴言 "when, where, why, how, who, what, if, although" KO 大學學測的「看圖說故事」，其他章節也以簡潔的口訣或有系統的方法簡化英文寫作，以期人人皆可以是「英文寫作達人」。

　　第五篇「英文好，人生是彩色的」敘述我教英文二十幾年來所遇見的「真人實事」，從他們的經驗中可以知道，英文不僅豐富了他們的生活，讓他們有謀生的技巧，更讓他們找到人生的方向。

此書獻給所有為英文所苦的人

李正凡 於 2013 年 3 月，台北

符 號 表

S	主詞	**Vi**	不及物動詞
N	名詞	**Vt**	及物動詞
O	受詞	**Adj**	形容詞
SC	主詞補語	**Adv**	副詞
OC	受詞補語	**V-ing**	現在分詞、動名詞
Vr	原形動詞	**Pp**	過去分詞

CHAPTER ONE

第一篇

文法篇

① 秒殺頻率副詞

　　大學畢業後，我到一所國中任教，一開始學校安排我教國一和國二。教一年級時，按照課程大綱，一開始是教授 KK 音標與現在簡單式。

　　在教授現在簡單式時，課本與參考書中皆有提到頻率副詞，但很奇怪的是，它並沒有解釋何謂「頻率副詞」，只是列出一長串的頻率副詞要學生死背。於是，我就叫同學們先不要背那些副詞，等我教他們一個口訣，再解釋這些副詞的中文意義之後，結果，我們一起秒殺了頻率副詞。

秒殺口訣

頻率副詞 =「次數多寡」。
（與次數有關的副詞即為頻率副詞）

· every time	每當	· usually	通常
· always	總是	· often	時常
· frequently	頻繁地	· seldom	不常
· occasionally	有時候	· sometimes	偶爾
· once a week	一週一次		

　　以上副詞皆與「次數」有關，故皆是頻率副詞與現在式連用。無需死背有哪些頻率副詞，只要這些字出現時，會加以判斷即可。

實例講解

1. The photographer **always retouches** the pictures he took.
攝影師**總是**對於他所拍攝的照片加以**修整**。

2. His demeanor **seldom tallies with** what he said.
他所說的,與他的行為**不常吻合**。

3. The concourse of the railway station **is often thronged with** passengers.
火車站的中央大廳**時常擠滿了**乘客。

4. The secretary **frequently grumbles** about his overloaded work.
這位祕書**時常抱怨**他過多的工作量。

5. The employer **occasionally invigorates** his employees by providing bonuses.
這位老闆**偶爾**會發放獎金**激勵**員工的士氣。

說文解字

1. retouch	[rɪ`tʌtʃ]	(v.)	修整(照片)
2. tally with		(v.)	吻合
3. throng	[θrɔŋ]	(n.)	人群、群集;壓力
		(v.)	擠滿
4. grumble	[`grʌmb!]	(v.)(n.)	抱怨
5. invigorate	[ɪn`vɪgə͵ret]	(v.)	激勵、鼓舞

② 如何判斷副詞子句

　　學生常在課堂上或者在網路上問我有關子句的問題，因為他們始終搞不懂何謂副詞子句、形容詞子句、名詞子句。子句即「句中句」，如果用一個簡單的公式來說明的話，**子句 = 連接詞 + 主詞 + 動詞，所以副詞連接詞 + 主詞 + 動詞 = 副詞子句**。一般的教法會說明副詞子句修飾主要子句中的動詞、形容詞與副詞，但是這樣的教法無疑是把副詞子句弄得更為複雜，因為學生必須搞懂此子句是否修飾剛才所提到的那三種詞類，副詞子句方能成立。此種教法費時、費事又費力，也會殺死很多腦細胞。Follow me！只要一句「秒殺口訣」，惱人的副詞子句便會迎刃而解。

秒殺口訣

逗點以後是主詞，前面的子句一定是副詞子句。

實例講解

1. **Although you try hard to expound the specification of the product,**〔讓步副詞子句（前後子句互相矛盾）〕**you** are unable to persuade all and sundry to purchase it.
   儘管你很努力嘗試去解說此產品的規格，但是你無法說服所有的人去購買。

Note：副詞子句置於句首需逗點，置於句尾通常無需

逗點。

例外 : although + 子句，置於句尾通常需逗點。

You are unable to persuade all and sundry to purchase it, **although** you try to expound the specification of the product.

2. **When the economic malaise ingurgitates the globe**,（時間副詞子句）**deflation** is deepening as well as widening.

當經濟不景氣席捲全球時，通貨緊縮不但擴大而且加深。

3. **Because they could not afford to buy a house**,（原因副詞子句）**the multitude** waged wars on the rising house prices.

民眾因為買不起房子，所以發動抗爭節節上升的房價。

4. **If everybody snaps up the new type of smartphone**,（條件副詞子句）**it** will be soon out of stock.

如果每個人都搶購新型手機，那它很快就會賣到缺貨了。

Note：逗點以後是主詞，前面一定是副詞（副詞片語、副詞子句）。

説文解字

1. economic malaise		(n.)	經濟不景氣
2. ingurgitate	[ɪnˋgɝdʒəˌtet]	(v.)	席捲
3. deflation	[dɪˋfleʃən]	(n.)	通貨緊縮
4. wage wars on		(v.)	發動抗爭
5. snap up		(v.)	搶購

③ 不加未來式的副詞子句

When you will come to the party tomorrow, I will give you a big surprise.（你明天來參加派對時，我會給你一個大驚喜。）此句話在英文文法上是不對的。時間、條件的副詞子句表示未來時，不與 will（未來式助動詞，包括同義詞）連用，所以此句話應去掉 will 才合文法— When you **come** to the party tomorrow。學生們往往都會寫錯此類題目，尤其是與未來完成式連用時，常常會忘記省略 will，如：

· When I _____ my work on hand, I will give you a hand.
   (A) will finish   (B) finish
   (C) will have finished   (D) have finished

Ans: (D) 我完成手邊工作時，就會幫你的忙。因為先完成工作（未來完成式），後幫忙（未來式），但在時間副詞子句中不與 will 連用，故省略 will。

Note：兩個動作不同時發生，一個動詞用簡單式（後完成），另一個動詞用完成式（先完成）。

秒殺口訣

時間、條件副詞子句不加will。

實例講解

1. **When** you **encounter** a stand-off, you **will** have to keep calm to surmount it.
   當你遭遇到困境時，你將必須保持冷靜去突破它。

2. **If** you **go** to the movies, I **will** go with you.
   你如果要去看電影，我跟你一起去。

3. **After** I **have passed** the exam, I **will** go on a vacation.
   我考試通過後將會好好度假。

4. **As soon as** I **arrive** in Taipei, I **will** give you a call.
   我一到台北就打電話給你。

説文解字

1. stand-off   [`stænd͵ɔf]   (n.)   困境
2. surmount   [sɚ`maʊnt]   (v.)   克服、征服

4 if 表假如或是否

試著分辨以下兩句 if 子句的用法：

1. I will be able to contact you in emergency **if** you tell me your phone number. （你**若是**告訴我你的電話號碼，我才能在有急事時聯絡到你。）
2. I attempt to know **if** the quake-stricken areas will seal off all the main airports. （我試著想知道震災區**是否**將封鎖所有主要機場。）

上面這一句表示未來時並無與 will 連用，但是下面這句話表示未來時必須與 will 連用，很多學生在第一時間看到這兩句話時，無法分辨其中的差別。參考書通常是這樣解釋它們之間的差異性—副詞子句，使用現在式代替未來式，現在完成式代替未來完成式；名詞子句仍用未來式與未來完成式。此種講法的前提之下，學生必須搞懂副詞子句與名詞子句的用法，然而，真的需要如此大費周章嗎？只要記住「秒殺口訣」便可以迅速 KO 它。

秒殺口訣

if =「假如」，條件副詞子句，不加**will**。
if =「是否」，表示未來時，須加**will**。

實例講解

1. A child will be able to think independently and logically **if** it **cuts** the cord as early as possible.

   如果小孩可以盡早獨立，他便有能力獨立、邏輯思考。

2. I wonder **if** she **will be disgruntled** at his misdemeanor.

   我想知道她**是否**會對他的不當行為生氣。

Note：

1. If 置於句首只能表示「假如」，置於句中可表示「假如」或「是否」。

2. 副詞子句可置於「句首」、「句尾」，意義不變，如果前後位置對調，意義改變且不合邏輯，就不是副詞子句。例如上述第二例句前後對調，意義即會改變，而且也不合邏輯。

• If she is disgruntled at his misdemeanor, I wonder.
  如果她會對他的不當行為生氣，我想知道 (X)。

說文解字

1. cut the cord		(v. phr.)	獨立
2. be disgruntled		(v. phr.)	生氣
3. misdemeanor	[ˌmɪsdɪˈminɚ]	(n.)	行為不檢

5 與現在完成式連用的時間副詞

　　曾經有個學生問我，是否有口訣可以秒殺「與現在完成式連用的副詞」？因為學校老師沒有解釋這些時間副詞，只是一句話就帶過。下列這些時間副詞與現在完成式連用：

- recently, lately, of late　最近
- so far, up to now, up to the present　到目前為止
- these + 一段時間　這些時間以來
- this week / month / year　這個禮拜 / 這一個月 / 這一年
- never, ever, already once, before, twice, three times, how many times　表示經驗
- in (for, during) the last (past) + 一段時間　這段時間以來

　　換一句話說，要嘛放棄，要嘛就死背它。其實學英文無需如此費時、費力，「大粒汗、小粒汗，滴滴落」卻不見其效果。有鑑於此，特別整理此秒殺口訣，便可以一勞永逸地解決它。

秒殺口訣

表示「經驗」、「過去到現在」、「已經、剛剛」的時間副詞與現在完成式連用。

實例講解

1. The crisis of radiation leaking **has gripped** Japan **recently**.
   輻射外洩的危機**最近**一直籠罩著日本。（過去到現在）

2. There **have been** some employees' deaths caused by overwork **in the past year**.
   過去一年以來，有幾位員工因為過勞而死。（過去到現在）

3. Luxury tax, a band-aid to a flawed tax system, **has wielded** some impacts on the housing market **so far**.
   奢侈稅為改善現有稅制的缺點，**到目前為止**，對房市衝擊很大。

   （過去到現在）

4. She **has never faced** any hurdle in learning English.
   她在學習英文上**從來沒有遇到**任何的困難。（經驗）

5. I **have already finished** my homework.
   我**已經寫好**家庭作業了。（已經）

6. He **has just called** his mother.
   他**剛剛打電話**給他媽媽。（剛剛）

說文解字

1. grip   [grɪp]   (v.)   支配；籠罩
2. band-aid   [`bænd͵ed]   (n.)   護創膠布、OK繃
3. wield   [wild]   (v.)   施加（影響）
4. hurdle   [`hɝd!]   (n.)   困難

6 現在完成進行式

　　我時常在課堂上問同學一個問題：「『我在這補習班已經教了五年』應該用什麼時態？」而且我會提醒他們，現在正在錄影中，所以老闆看得到，千萬不要害我！

　　五年 = 過去 + 現在 = 現在完成式，但如果只用現在完成式，那表示我在這家補習班只教了五年，目前是否繼續任教並不清楚，也就是說我有可能會跳槽，所以我才開玩笑地提醒學生用錯時態可能會使老闆誤會。大部分的同學經過我的提點後，很容易回答出正確答案— I have been teaching at this cram school for five years. 因為我已教了五年，目前還在教，所以要再使用進行式才可以表示我至少往第六年的教學之路邁進。

秒殺口訣

現在完成進行式 = 過去 + 現在 + 進行。

實例講解

1. The professor **has been researching and developing** the new medicine for years.
   教授研發此項新藥品已有好些年的時間。（目前還持續進行）

2. My wound **has been aching** since it started to rain.
   我的傷口自開始下雨後一直痛到現在。（目前還在痛）

3. The entrepreneur **has been focusing** his attention on the investment in the emerging markets.
企業家長久以來一直注意新興市場的投資。（目前還在持續關注著）

4. The governor **has been pushing forward** the bill.
州長一直進行推動法案的落實。（目前還在進行中）

說文解字

1. research and develop (v.) 研發
2. entrepreneur [ˌɑntrəprə`nɝ] (n.) 企業家
3. emerging markets (n.) 新興市場
4. push forward (v.) 推動

⑦ 主要子句中的動詞與 that 子句中動詞的時態

　　英文是單動句，也就是說一個句子只能使用一個動詞，如果要使用第二個動詞得使用連接詞，或者將它弱化成「類動詞」，如動名詞、不定詞、分詞、介詞＋動名詞等。對於以中文為母語的我們，習慣一句多動詞，而不需要做任何弱化動詞的動作，因此在英文中一句話出現兩個動詞時，最簡單的方式即是加個連接詞，但加完連接詞後，兩個動詞的時態是否一致？如果不一致又該如何因應呢？在此我只談論主要子句＋that 子句中的前後兩個動詞的一致性。

　　如果翻開一般文法參考書，往往唯恐天下不亂，列了一大堆看也看不懂的公式，於是學生也就「霧煞煞」，搞不懂它的意思。其實它的道理很簡單，只要忘記那些煩人的公式，兩句口訣便可以輕輕鬆鬆地秒殺它。

秒殺口訣

V1 是現在式，that 子句中的 V2 可以是「現在式」、「過去式」、「未來式」。

Note：因為以現在的時間可以「講現在」、「回想過去」或「推測未來」。

V1 是過去式，that 子句中的 V2 只可以是「過去式」或「過去完成式」。

Note：因為過去只能講過去或更早的過去，不能以過去「知道」現在或未來。

例外：V1是過去式， that 子句中的V2表示「事實」或「永恆的真理時」仍用現在式。

實例講解

1. He **tells** me that he **studies** abroad.
   他告訴我，他**目前**在外國讀書。（以現在的時間講現在）

2. He **tells** me that he **studied** abroad.
   他告訴我，他**曾經**在外國讀書。（以現在的時間回想過去）

3. He **tells** me that he **will study** abroad.
   他告訴我，他**將會**去外國讀書。（以現在的時間講未來）

4. He **told** me that he **would study** abroad.
   他**曾經**告訴過我，他**將會**去外國讀書。（以過去的時間講過去的未來）

5. He **told** me that he **had studied** abroad
   他**曾經**告訴過我，他**以前**在外國讀書。（以過去的時間講更早的過去）

6. We **were taught** that heat **vaporizes** water.
   我們**曾經**學過，**熱會使水蒸發**。（永恆的真理）

⑧ 兩個同時發生的動作

　　我曾經問過學生：「你們在學英文時，什麼部分是令你們感到最頭痛的？」答案有很多，如背單字總是會忘記、何時加 the 何時不加 the、無法以自然發音法發音的字、時態等……問題琳瑯滿目。但是，一提到時態，很多學生是恨得牙癢癢的，因為他們始終搞不懂各種時態的問題，不講動詞又無法講出一句完整的英文，於是一開口講話，要嘛忘記動詞三態，要嘛就不知道使用何種時態正確表達詞意。

　　一般的文法書會用很大的篇幅介紹動詞的十二種時態，列出各種公式搭配圖表，意圖將動詞的時態一網打盡。按照道理來講，這樣一目了然的方式應該可以讓學生揮別時態的夢魘，但是往往學生並不領情，不知道它們究竟在「搞什麼東東」，反而退避三舍，感覺很麻煩、很難的樣子，並且敬而遠之。例如，文法書介紹「兩個同時發生的動作」時，會列出「自以為是」的簡單公式：

1. While + S + 現在式 / 過去式 be + V-ing，S + 現在式 / 過去式 / 未來式動詞
2. When + S + 現在式 / 過去式動詞，S + 現在式 / 過去式 / 未來式be + V-ing

　　看完此公式之後，你是否有豁然開朗的感覺？或者是被另一層迷霧籠罩著呢？原因無它，此公式並沒有介紹為何 while 與進行式連用、為何 when 與簡單式連用，它只是把公式列出，

告訴你照背就是了。

真的有這麼困難嗎？其實簡單來說，時態只有「簡單式」與「完成式」再搭配著現在、過去、未來與進行，總共十二種時式。如果要 KO 上述的公式，無需死背，只要理解「進行式的使用時機」即可。現在起，以「理解」取代這些「自我感覺良好」的公式吧！

秒殺口訣

兩個同時發生的動作：**可以持續的動作 + 進行式；不可持續的動作（瞬間動作）+ 簡單式。**

實例講解

1. While he **is driving**（可以持續的動作）, I **am talking**（可以持續的動作）on the phone.
   他在開車時，我正在講電話。

2. When he **comes** （瞬間動作）, I **am reading** （可以持續的動作）.
   他來的時候，我正在閱讀。

3. While he **was reading** （可以持續的動作）, I **was sleeping**（可以持續的動作）.
   他在閱讀時，我正在睡覺。

4. When he **fell** （瞬間動作）, I **was doing** my homework （可以持續的動作）.
   他跌倒時，我正在寫功課。

5. When he **arrives** in Taipei tomorrow （瞬間動作）, I

will be working in the office（可以持續的動作）.

他明天抵達台北時，我正好在辦公室上班。

6. While he **is washing** his car tomorrow（可以持續的動作）, I **will be cooking**（可以持續的動作）.

他明天在洗車時，我正好在煮飯。

⑨ 情緒動詞

很多學生對於下列這些被動語態相當感冒：

- She has been married for 10 years.
  她已經結婚十年了。
- He is devoted to studying math.
  他致力於研究數學。
- She is dressed in a red coat.
  她穿一件紅色外套。
- She is embarrassed by the question.
  她對這個問題感到尷尬。

　　以上這些句子皆是以被動語態的形式出現，但是都沒有「被動」的意思。學生一開始接觸被動語態時，覺得只要是 "be + P.p."（過去分詞）即為「被動」，這樣的想法早已根深柢固，即使有時候發現並非每個被動語態皆有被動的意思，但是多半的文法書與老師都不解釋，只是輕描淡寫地說：「下列這些被動語態沒有被動的意思。」

　　其實它的道理很簡單，分詞有三種功能：形容詞、副詞、連接詞，因此分詞具有形容詞的功能。換句話說，只要是 be + P.p. 是被動語態時，強調「動作」；反之，be + P.p. 不表示被動而表示主動時，此時的過去分詞等於形容詞，表示「狀態」，無被動的意思。所以，上述的 "be married"、"be devoted to"、"be dressed in"、"be embarrassed by" 皆是表示

「狀態」，因為我們不能說「被結婚」、「被致力於」、「被穿衣服」、「被尷尬」。

　　情緒動詞也是如此，以人當主詞時是需要與被動語態連用的，但情緒是「情感的自然流露」，理應主動，因此此時情緒動詞的過去分詞等於「形容詞」，表示「狀態」。

秒殺口訣

人 + be + 情緒 V-ed (P.p.) + 介詞 + 物
（人本身感到～）
物 + be + 情緒 V-ing + to + 人
（物使 / 令人～）

實例講解

1. **I am astonished** at his performance.
   我對他的表現感到吃驚。

   His performance is astonishing to me.
   他的表現令我吃驚。

2. **She was so frightened** at this earthquake.
   她對這次的地震感到害怕。

   This earthquake was so frightening to her.
   這次的地震使她害怕。

3. **The manager was satisfied with** this outcome.
   經理對於此次的結果感到滿意。

   This outcome was satisfying to the manager.
   此次的結果使得經理滿意。

4.**The governor was obfuscated about** this election fiasco.

州長對於此次選舉的挫敗感到困惑。

This election fiasco was obfuscating to the governor.

此次選舉的失敗令州長困惑。

5.**She is considerably intrigued by** the pirate story.

她對於這個海盜故事相當感興趣。

The pirate story is considerably intriguing to her.

這個海盜故事令她興趣十足。

說文解字

1. astonish	[ə`stɑnɪʃ]	(v.)	吃驚
2. obfuscate	[ɑb`fʌsket]	(v.)	困惑
3. fiasco	[fɪ`æsko]	(n.)	大失敗、挫敗
4. intrigue	[ɪn`trig]	(v.)	使有趣

⑩ 客觀說明的被動語態

　　講話時若出現太多次的 "I think" 或 "in my opinion" 會使你的語言充滿主觀性，也會讓人覺得無聊乏味。因此在英文中若要避開此種說法，可以將第一人稱的 "I" 去掉，改以 "it" 當主詞，再搭配「認為」、「建議」、「報導」等動詞被動語態，形成某件事情「被認為」、「被建議」、「被報導」的客觀說明。

秒殺口訣

> 客觀說明 = **It + be + 認為、建議、報導 P.p. + that + S + V～**

實例講解

1. **It is acknowledged** that smartphone is epoch-making technology.
   大家都公認智慧型手機是劃時代的科技。

2. **It is believed** that perspirations and perseverance condition success.
   大家都相信努力和毅力是成功的條件。

3. **It is suggested** that jogging is instrumental to one's health.
   大家都建議慢跑對健康有益。

4. **It is reported** that the company holistically retrieves its defective products.

據報導，這家公司全面性回收它所生產的缺陷產品。

5. **It is thought that** China is an economic behemoth.
大家都認為中國是一強大的經濟巨獸。

說文解字

1. perspiration	[ˌpɝˈspəˈreʃən]	(n.)	汗水
2. perseverance	[ˌpɝsəˈvɪrəns]	(n.)	毅力
3. condition	[kənˈdɪʃən]	(v.)	…為什麼的條件
4. instrumental	[ˌɪnstrəˈmɛntl̩]	(adj.)	有助益的
5. holistically	[hoʊˈlɪstɪkəli]	(adv.)	全面性地
6. retrieve	[rɪˈtriv]	(v.)	收（取）回
7. behemoth	[bɪˈhiməθ]	(n.)	巨獸

⑪ be made of / from
由～製造而成

「A 由 B 所組成」在國內各大小考試中頗受歡迎，因為它有單字也有片語，有主動也有被動。

- 單字：A + contain / comprise + B （不與 of 連用）
- 片語：A + be made up / composed of + B （與 of 連用，被動語態）
- 主動：A + consist of + B

再者，A 由 B 製造而成，這也對學生們產生相當的困擾，通常文法參考書在介紹此用法時，還是會提出一套自以為是的公式：

- A + be made + of + B 材料 （物理變化）
- A + be + made + from + B 材料（化學變化）

看完此公式，或許有人會豁然開朗，因為他知道何謂物理變化、何謂化學變化，但即使他了解，他還是要死背公式：物理變化 +of、化學變化 +from，因為書上並沒有解釋為何 +of 或 +from。如果不知道物理變化和化學變化的人，對他們來講，此一公式並不能為他們解除疑惑，反而會增加疑惑。

解決此一用法甚為簡單，得從介系詞 of / from 著手：

- of 是介系詞當中唯一可當所有格的，因此它有 「物質本身」 的意思。
- from 「遠離」。

秒殺口訣

of 「物質本身」，材料不變質。
from 「遠離」物質本身，材料變質。

實例講解

1. The desk is made **of** wood.
   這桌子是由木頭所製造而成。（物質本身，材料不變質）

2. Brandy is made **from** grapes.
   白蘭地是由葡萄所製造而成。（遠離物質本身，材料變質）

⑫ It is + Adj. + for / of ～

　　形容詞依照屬性可分「事物形容詞」與「性情形容詞」。事物形容詞不可以人當主詞，而性情形容詞可以人當主詞，所以事物形容詞與人連用時必須使用虛主詞 "it"，形成如下的句型：It + be + 事物形容詞 + for + 人 + to + Vr. / that 子句。性情形容詞也可以採用此句型，不過它的介系詞得用 of。到底何時用 for 或 of 無需死背，靠理解即可。

　　上一則口訣中已經介紹了 "of" 可當所有格，除了可以表示「物質本身」，也可以表示「人的本身」。for 有「事物對於人」的意思，如：I can do everything for you. 我可以為你做任何事。以此原則來理解此句型可以事半功倍。

秒殺口訣

事物形容詞 + for　（事物對於人）
性情形容詞 + of　（人的本身）

實例講解

1. It is **possible for** him to find a loophole in the law to get away with the penalty.
   他有可能找到法律漏洞，逃避刑罰。

Note：possible（可能的），事物形容詞，不可以人當主詞，故與 for（事物對於人）連用。

2. It is considerably **fatuous of** him to be saddled with such responsibility.

他實在是有夠笨，去負擔如此的責任。

Note：fatuous（愚蠢的），性情形容詞，故與 of（人的本身）連用。

説文解字

1. loophole	[`lup͵hol]	(n.)	漏洞
2. get away with		(v. phr.)	逃避
3. penalty	[`pɛn!tɪ]	(n.)	刑罰
4. be saddled with		(v. phr.)	負擔

🔥⏱️⓭ 區別 so ～ that ～ 與 so that

英文是一種強調句型的語言，因此格外重視詞類變化，即使同一個字，只要詞類有變化，有時意思是會改變的，如以下所示：

· She is **so** meticulous **that** she seldom makes a mistake on her duty.
她如此小心翼翼，以至於很少在她的職務上犯錯。
· She is considerably meticulous **so that** she will be promoted.
她是如此小心翼翼，以便於她可以被拔擢晉升。

上面第一句的 so 是副詞修飾形容詞，再與 that 名詞子句連用；第二句 so that 是副詞連接詞 + 子句，形成副詞子句，表示目的，修飾主要子句「如此小心翼翼」。

同學往往對於此兩種句型的差異並不了解，不論是老師或參考書都只是將句型列出，要同學死背。過了一段日子後，學生也逐漸遺忘這些公式，每次看到這些句型得重新再背一次，真是徒勞無功啊！在此提供一種秒殺口訣「福爾摩斯偵探法」，根據句型本身的形式加以判斷、抽絲剝繭，無需死背！

一般教法：死背公式

1. so ～ that ～　如此～以至於～
2. so that + S + will (can, may) + Vr ～　以便於；為了要

秒殺口訣

<u>so ～</u>　　<u>that ～</u>　　**兩條線兩段式意義**
如此～　以至於～
<u>so that</u>　　　　　**一條線一段式意義**
以便於～（為了要～）

實例講解

1. The traffic on the road was **<u>so</u>** inordinate **<u>that</u>** all cars got caught in the traffic jam.

   路上交通如此紊亂，以至於所有的車子都塞在一起。

Note：兩條線兩段式意義：如此～，以至於～。

2. I am affiliated with the English club **<u>so that</u>** I can better my English proficiency.

   我加入了這個英文俱樂部是為了要改善我的英文能力。

Note：一條線一段式意義：以便於～（為了要～）。

說文解字

1. inordinate　　[ɪnˋɔrdnɪt]　(adj.)　紊亂的；過度的
2. traffic jam　　　　　　　　(n.)　塞車
3. be affiliated with　　　　　(v.)　加入；與～有關
4. better　　　　[ˋbɛtɚ]　(v.)　改善
5. proficiency　　[prəˋfɪʃənsɪ]　(n.)　精通、擅長；能力

⏱ ⑭ not 與 too ～ to ～ 連用的特殊用法

　　在國中階段時，我們就已經學過 too + adj. / adv. + to + Vr. 的用法。此用法相當特別，整個句型乍看之下是肯定句，但事實上整句話是否定的。這個句型可以拆開兩半來看，前半段 too = 太～，後半段 to + Vr. = 而不能～，雖然沒有否定詞，仍然形成否定，所以也就是這部分困惑著同學。

　　She is too young to drive.（她太過年輕而不能開車。）我時常在上課時講到，語言有些時候是 "arbitrary"（任意的、武斷的），沒有道理可以解釋，如同中文的破音字一樣，記住便可。但以下的句型若是死背，不以 too ～ to ～為原則來理解，真的是「緣木求魚」啊！

一般教法：死背公式
1. too ～ not ～ to + Vr.　太～而不會不～
2. not ～ too ～ to + Vr.　不會太～而不能～

> **秒殺口訣**
>
> **not 與 too ～ to ～ 連用時（not不管放在too之前或之後），形成「肯定」語氣。**

實例講解

1. He is **too** wealthy **not to** afford to buy a car.

   他實在是太有錢了，而**不會買不起**一輛車子。（以他的財力，絕

   對買得起車子）

2. Man is **not too** old **to** learn.

   人**不會**因為太老而**無法**學習。（活到老學到老）

Note：too ～ to ～ = 太～而不能～，此句型再加否定
　　　詞 not，就會形成「負負得正」的肯定句型。

⑮ to 的省略或不省略

　　有一天，一位正準備大學轉學考的學生問我，何時可省略或不可省略 to？於是我教她一個口訣，馬上就 KO 這個問題了！

秒殺口訣

對等連接詞後的 **"to"** 可省略
句尾的 **"to"** 需保留（省略相同的動詞與受詞）

實例講解

1. He asked me to **walk** the dog **and** (to) **get** some food for him.

   他要求我去遛狗，並且帶些食物回來。

Note：and（對等連接詞）後的 to 可省略。

2. She wanted **to broach a plan**, while she **was not able to** (broach a plan).

   她想提出一項企劃，但是她沒有能力提出。

Note：句尾的 to 需保留，省略相同的動詞與受詞。

16 秒殺希望動詞 to + have + P.p.

曾經有學生在 Facebook 上問我，說他在文法書上看到這樣的公式：

$$= S + had \begin{cases} decided, intended \\ expected, planned \\ hoped, promised \end{cases} + to + Vr....$$

$$= S + \begin{cases} decided, intended \\ expected, planned \\ hoped, promised \end{cases} + to + have + P.p....$$

書上寫到 hope、expect、intend 等動詞與過去完成式連用時，表示「過去想做但沒有實現」，但是他不理解這樣的公式，因而求助於我。於是我先從 hope + to + Vr. 著手：

‧I hope to be a doctor.
　我希望成為一個醫生。

Note：現在還不是個醫生。to + Vr. = 未發生。

以此類推：

· I had hoped to be a doctor.
　我原本希望當醫生。

Note：過去想當醫生，但沒實現。had + P.p. = 過去完
　　　　成，to + Vr. = 未發生，had + P.p. + to + Vr. =
　　　　過去未發生、未完成。

　　加上我的秒殺口訣輔助後，他很快理解這些「恐龍式句
型」。

秒殺口訣

現在式希望動詞 + to + Vr. ～　　　現在未發生
過去完成式希望動詞 + to + Vr.　　過去未發生

實例講解

1. He **had hoped to travel** to Japan **last month**.
 = He **hoped to have traveled** to Japan **last month**.
　他原本希望上個月去日本旅行。（結果上個月沒去 = 過去未發生）

Note：had hoped = 過去完成，to + Vr. = 未發生，兩
　　　　者總和=過去未發生。

2. I **had planned to go** to the concert **yesterday**.
 = I **planned to have gone** to the concert **yesterday**.
　我原本計畫昨天去聽音樂會。（結果昨天沒去 = 過去未發生）

Note：had planned =過去完成，to + Vr. = 未發生，兩
　　　　者總和 = 過去未發生。

17 情緒名詞的用法

　　先前提到情緒動詞的用法，若是以人當主詞時與 be+ P.p. 連用，沒有被動的意思，此時過去分詞轉成形容詞表示狀態。但在寫作時可以把它轉換成 to + 所有格 + 情緒名詞，做同義不同字的表達。尤其在考作文時可以採用此種寫法，以免老是提供「同一菜色」，讓閱卷老師覺得你的修辭有限，難以突破單一寫法。

　　我在作文課時常提醒學生判斷一篇文章是否初級、中級或進階級，絕不是單憑著正確的文法與句型，而是憑藉著**修辭功力與用字的精準**。因此坊間考試會隨著不同等級而有不同單字的規範，如國中基測必考 2000 單字、大學學測 7000 單字、托福單字、GRE 單字等。寫作時必須依照不同等級，在單字、片語上做變換、提升，這樣才能有鑑別度。

秒殺口訣

**人 + be + 情緒動詞 V-ed (P.p.) ～
= To + 所有格 + 情緒名詞**

實例講解

1. Her mother is gratified that her business is on sustaining increase.
= **To her mother's gratification**, her business is on sustaining increase.

她母親對於她的事業蒸蒸日上感到滿意。

2. The coach was very dejected that his team met its waterloo.
= **To the coach's great dejection**, his team met its waterloo.
= **Much to the coach's dejection**, his team met its waterloo.

教練對於此次的慘敗感到很沮喪。

Note：To one's great + 情緒名詞 = Much to one's + 情緒名詞 （加強語氣）。

⑱ 區分動名詞與現在分詞

　　我當了二十幾年英文老師，教了很多的學生，這些學生有很多後來在各行各業皆有傑出的表現。當然我也教出很多的英文老師，師承我獨創的「秒殺口訣」，在就業或在英文教學上幾乎無往不利。有時他們遇到「疑難雜症」時也會向我求救，有位擔任高中英文老師的學生就曾經請教我「如何區分動名詞與現在分詞」，因為有學生在下課後問她，是否有秒殺口訣可以解決以下的公式：

・動名詞：V-ing（+O 或 adv）+ 單數 V ～
　　　　　所有格 + V-ing
　　　　　一般動詞 + V-ing
　　　　　介詞 + V-ing
　　　　　a + V-ing + N （表功用）
・現在分詞：分詞構句（片語）
　　　　　be / 連綴動詞 + V-ing
　　　　　a + V-ing + N （修飾名詞，表狀態或動作）

　　她找了很多中、英文文法書，有一些書有個別介紹，但並沒有針對這兩者做統整性的解釋；即使有，也是將這些公式做冗長的敘述，舉例說明而已，並沒有「一針見血」、「一看就懂」的說法。當初我在區別這兩者時也曾歷經同樣的「問題」，早期教學時也是教這套公式，但是成效並不是很好。因此我拋開公式，不受它的限制，從這兩種詞類的基礎功能著手，如此一

來就變得淺顯易懂，容易吸收與理解。

動名詞 = 動詞+名詞（具備動詞與名詞的特性)
現在分詞 = 形容詞、副詞、連接詞（具備這三種詞類特性）

實例講解

1. His **poking** fun at me makes me disgruntled.
   他對我的作弄使我很生氣。

Note：此句中的poking 為動名詞，因為所有格與名詞連用，所以his poking = 所有格 + 動名詞。此時的poking 同時具備動詞與名詞的特性。

2. A crowd of consumers line up **snapping** up the latest type of smartphone.
   一群消費者排隊搶購最新型的智慧型手機。

Note：此句中的 snapping 為動名詞，因為 up 是介系詞，之後加動名詞。

3. My father tries his best to quit **smoking**.
   父親盡全力戒菸。

Note：此句中的 smoking 為動名詞，quit 為一般動詞，smoking 為 quit 的受詞，同時具備動詞與名詞的特性。

4. **Sorting** out the items she needs, she begins to pack them.

她在整理她所要的物品之後，開始打包。

Note：此句中的sorting 為現在分詞，因為這句話是副詞子句所改成的分詞構句，同時具有副詞與連接詞的功用。

5. The student was caught **cheating**.

該名學生作弊被抓到。

Note：此句中的 cheating 為現在分詞當形容詞，用來形容學生作弊的狀態。

6. The councilman **launching scathing** attacks on the press got involved in the scandal.

對新聞界猛烈攻擊的議員牽涉此次的弊案。

Note：此句中的launching scathing attacks on the press 為分詞片語當形容詞修飾（說明）the councilman，因此launching 與scathing 皆為現在分詞。

說文解字

1. poke fun at　　　　　　　(v.)　作弄、嘲笑
2. disgruntled [dis`grʌntld] (adj.) 生氣的
3. snap up　　　　　　　　(v.)　搶購
4. launch　　[lɔntʃ]　　　(v.)　發動 （攻擊）
5. scathing　[`skeðɪŋ]　 (adj.) 嚴厲的、猛烈的；苛刻的

⏱ ⑲ have + 快樂、麻煩 + V-ing

人們常把英文學不好怪罪給文法，其實這並不太公平。像下列的句子：I have a good time talking to you.（**我與你相談甚歡**。）如果你學不好這句話，那並不是文法的問題，而是你懶惰不想學習 have a good time 此片語的用法。

舊式英文 have a good time in + V-ing（在做～很愉快），in 會保留，但現代英文都不寫 in，直接加動名詞。這樣的情況也發生在 spend 與 waste 這兩個字，後面的 in 也省略，直接加動名詞。所以說上述這些單字片語的應用，無論是誰來學，都必須記住省略 in 的規則，把它記起來便可。但是記得，一定要想辦法讓它好記，可以永久記起來不會忘記，因此不妨將這些瑣碎的單字片語用口訣的方式記憶，好學又好記！

一般教法：列出公式

have +
{
a good time
fun
a blast   + (in)   +V-ing
a hard time   省略
trouble
difficulty
}

秒殺口訣

有「快樂」、有「麻煩」+ V-ing。

實例講解

1. We **had a blast taking** the roller coaster.
   玩雲霄飛車真痛快！（有快樂）

2. We **had fun traveling** in Paris.
   旅遊巴黎真是有趣。（有快樂）

3. We **had a hard time contacting** her.
   跟她聯絡有困難。（有麻煩）

4. We **had trouble mediating** this controversy.
   調解這個紛爭很困難。（有麻煩）

20 禁止類的動詞 + from

　　禁止類動詞的用法屬於單字片語類的用法,這類詞彙最主要與介系詞 from 連用,而不是與不定詞 to 連用。禁止或阻止做某事,「做某事」此動作尚未發生,原本應該與 to 連用,因為通常未發生的動作以 to + Vr. 表示,但是此類動詞卻與 from 連用,而 from 在此表示「阻止、免於」的意思。也因為它似乎是違反常規的,在國內外的克漏字考題中經常可以發現它的蹤影。

　　現代英文中的 from 可以省略,所以你可能會看到這樣的句子:Her parents **prevent** her **making** a boyfriend.(她的父母不准她交男朋友。)除此之外,凡事皆有例外,例如使用 forbid 表示禁止時,不與 from 連用,而需與 to 並用。面對此種例外,別無他法,只好多讀、多看幾遍,讓它自然而然沉澱於你的記憶中。

秒殺口訣

禁止類的動詞 + O + from(可省略)+ N / V-ing
例外:forbid + O + to + Vr.

實例講解

1. The school **bans** the students **from** riding a motorcycle.
   學校**禁止**學生騎機車。

2. The athlete's self-control **restrained** him **from** going astray.

這位運動員的自制能力**防止**他誤入歧途。

3. The company **inhibits** all the staff **from** surfing the Internet on duty.

公司**禁止**所有員工在上班中上網。

4. Age **hinders** my grandparents **from** moving about.

我的祖父母年事已高，**不能**到處走動。

5. My wife **dissuaded** me **from** rushing to make a decision.

我的太太**勸阻**我不要匆忙做出決定。

6. The hurricane **forbad** the sailors **to** set out on a voyage.

颶風使這些水手們無法出航。

文法篇

單字篇

閱讀篇

英文寫作篇

英文好，人生是彩色的

㉑ 副詞子句改為分詞構句

　　分詞構句只用在寫作上，少部分的慣用語用在口語上，因為它有一些看似煩人的規則，所以不太可能在口語上使用。它的難度不僅困擾著非母語者，對於以英文為母語者而言，分詞構句也是艱難的文法，原因是它得靠後天學習而來。

　　其實很多外文書對於分詞構句的介紹，都不如國人所寫的文法書上的解釋。這道理很簡單，因為對於母語者而言，講英文是自然而然的，學習英文文法是後天養成的，所以習慣性的說法會勝過正規的文法。換句話說，講話時文法的角色不像在寫作上那麼重要，如同我們講中文時也不會時時刻刻注意中文語法，只要合乎習慣用法即可。但是對於非母語者在學習外國語言時，往往得從文法開始才會有基本語法的基礎，因此就會造就出一群英文專家，專門從事文法的研究，出版各式各樣的文法書。如此一來，我們對分詞構句的研究不在話下，再加上國內考試很喜歡考分詞構句，所以學生對於此部分的文法也就不那麼陌生。不過這並不代表學生對於分詞構句便能駕輕就熟，若想要能完全掌控它，得從簡化它的規則開始，如此一來便可事半功倍！

　　分詞構句有三種：副詞子句／and 對等子句／關代主格引導的形容詞子句所改而成的分詞構句。其目的只有一個—縮短字數，簡潔有力！而且並沒有改變原有的意義。我從副詞子句著手，因為此部分最為複雜與困難，並提供「秒殺口訣」KO它。

秒殺口訣

1. 副詞連接詞：可留，可不留（原因不可留）。
2. 主詞同省；主詞不同不省。
3. 改動詞為分詞，主動：V-ing；被動：P.p.。

實例講解

1. **Because it was pummeled** by successive storms, the house was no longer safe.
   Pummeled by successive storms, the house was no longer safe.
   那棟房子不斷受到狂風暴雨的襲擊，不再安全了。

Note：
1.「原因」副詞連接詞不可留，去掉because。
2.主詞同省，去掉 it。
3.動詞改成分詞：被動 = P.p. = pummeled，現代英文傾向省略 be，不改成 being。

2. **If the weather permits**, we will go hiking.
   Weather permitting, we will go hiking.
   天氣允許的話，我們將去健行。

Note：
1.去掉副詞連接詞 if。
2.主詞不同不省，保留weather（為了簡潔，也去掉 the）。
3.動詞改成分詞：主動 = V-ing = permitting。
4.主詞不同不省時，通常省略副詞連接詞。

3. As there was no pullover, I had to wear a turtleneck.
   There being no pullover, I had to wear a turtleneck.
   因為沒有套頭的衣服，我就只好穿高領的。

Note：
1.「原因」副詞連接詞不可留，去掉 as。
2.主詞不同不省，保留 There。
3.動詞改成分詞：主動 = V-ing = being，因為there的關係，所以不可省略 being 。

4. **After he had finished** his work, he left the office.
   Having finished his work, he left the office.
   After finishing his work, he left the office.
   當他完成工作後就離開辦公室。

Note：
1.去掉副詞連接詞 after。
2.主詞同省，去掉 he。
3.動詞改成分詞：完成式主動語態 = having + P.p. = having finished。
4.若保留副詞連接詞 after 時，不可與 having + P.p. 連用。

5. Wood furniture will not depreciate **if it is well maintained**.
   Wood furniture will not depreciate **if well maintained**.
   木製家具若保養得宜則不會貶值。

Note：
1.副詞連接詞置於句尾時不可省略。

2.主詞同省，去掉 it。

3.動詞改成分詞：被動 = P.p. = well maintained。

6. **Although he was defeated**, the tennis player was not downhearted.

   Although defeated, the tennis player was not downhearted.

   這位網球選手雖然被打敗，但不氣餒。

Note：

1.若去掉副詞連接詞時，只剩分詞一字，則保留連接詞。

2.主詞同省，去掉 he。

3.動詞改成分詞：被動 = P.p. = defeated。

7. **Because it has been cooked** too long, the rice is burned.

   Cooked too long, the rice is burned.

   飯因為煮太久而燒焦了。

Note：

1.「原因」副詞連接詞不可留，去掉 because。

2.主詞同省，去掉 it。

3.動詞改成分詞：被動 = P.p. = cooked，完成式的被動語態只保留 P.p.，即知被動。

8. **When I was** young, I liked to see a movie.
   When young, I liked to see a movie.
   I, when young, liked to see a movie.
   我年輕時喜歡看電影。

Note：

1. 在隱性的分詞構句中，保留副詞連接詞。
2. 隱性的分詞構句 being + adj.，通常省略 being，因此分詞被隱藏起來；顯性分詞構句由一般動詞來改，主動 = V-ing，被動 = P.p.，分詞清楚可見。
3. 主詞同省，去掉 I。
4. 動詞改成分詞：省略 being，成為隱性的分詞構句。
5. 分詞構句當插入句時，則保留副詞連接詞。

9. **As soon as** I arrived in Taipei, I will call you.
   我抵達台北時會立即打電話給你。

Note：只有一個字的副詞連接詞所引導的副詞子句，方可改成分詞構句，因此句中 as soon as（一～就～）超過一個字的副詞連接詞，不可以改成分詞構句。

22 關係子句改成分詞片語

在文章中常可以見到這樣的句子：The professor living near us kept two dogs.（住在我們家附近的教授養了兩隻狗。）

以「貓捉老鼠閱讀法」而言，貓是主詞，老鼠是動詞，主詞緊盯著動詞不放，中間不是動詞的暫時不管，包括「類動詞」，如現在分詞、動名詞、過去分詞、介詞＋動名詞、不定詞片語等。

因此 The professor （貓）kept （老鼠）two dogs. 為整句話的主結構，living near us （分詞片語）由 who lives near us （關代引導的形容詞子句）所改而成，當形容詞修飾（說明）the professor，為整句話的次結構。所以只要看到名詞後緊接著現在分詞，其中間省略了關代主格，緊接著過去分詞，其中間省略了關代主格＋be 動詞。

秒殺口訣

一句兩動詞，若無連接詞，將第二動詞（或以上）改為分詞。

實例講解

1. The investors **swayed** by the sluggish economy **having ingurgitated** the whole glob cast doubts on the tendency of resuscitation.

投資者先前受到全球經濟不景氣的影響，對於經濟復甦的趨勢抱持著懷疑的態度。

Note：

1. 一句兩動詞，若無連接詞，將第二動詞（或以上）改為分詞。此句話的動詞為 cast，其他動詞無連接詞，故改成分詞。swayed 由 who were swayed 所改而成。having ingurgitated 由 which had ingurgitated 所改而成。

2. The investors cast doubts on the tendency of resuscitation.是此句話的主結構。swayed by the sluggish economy為分詞片語，當形容詞修飾（說明）the investors。having ingurgitated 為另一分詞片語，當形容詞修飾（說明）the sluggish economy。以上的分詞片語為此句話的次結構。

2. The department store **well-known** for its food court and cinemas **making** considerable profits **occupying** one fourth of the revenue prepares for establishing another branch in a business metropolis.

這家百貨公司以美食廣場與影城聞名，不但為公司賺了很多錢，而且更占公司總營收的四分之一，目前正籌備在商業中心設立分店。

Note：

1. 一句兩動詞，若無連接詞，將第二動詞（或以上）改為分詞。此句話的動詞為 prepares，其他動詞無連接詞，故改成分詞。well-known 由 which is well-known

所改而成。making 由 which make 所改而成。occupying
由 which occupy 所改而成。

2. The department store prepares for establishing
   another branch in a business metropolis. 是此句話
   的主結構。well-known for its food court and cinemas
   為分詞片語，當形容詞修飾（說明） the department
   store。making considerable profits 為分詞片語，當
   形容詞修飾（說明）its food court and cinemas。
   occupying one fourth of the revenue 為分詞片語，
   當形容詞修飾（說明）profits。以上的分詞片語為此
   句話的次結構。

3. The patients **infected** by the contagious disease
   spreading throughout the hospital **quarantined** by the
   authorities concerned **performing** the mandate from
   the central government are being treated by a group of
   specialists.
   傳染病傳遍整間醫院，而有關單位執行中央政府的法令，對醫院
   進行隔離措施，感染的病人正在接受專科醫師們的治療。

Note：

1. 一句兩動詞，若無連接詞，將第二動詞（或以上）改
   為分詞。此句話的動詞為 are being treated，其他動詞
   無連接詞，故改成分詞。infected by the contagious
   disease 由 which was infected 所改而成。spreading
   throughout the hospital 由 which spread 所改而成。
   quarantined by the authorities concerned 由which
   was quarantined 所改而成。performing the mandate

由 which performed 所改而成。

2. The patients are being treated by a group of
   specialists.是此句話的主結構。infected by the
   contagious disease 為分詞片語，當形容詞修飾（說
   明）the patients。spreading throughout the
   hospital 為分詞片語，當形容詞修飾（說明）the
   contagious disease。quarantined by the authorities
   concerned 為分詞片語，當形容詞修飾（說明）the
   hospital。performing the mandate為分詞片語，當形
   容詞修飾（說明）the authorities concerned。以上的
   分詞片語為此句話的次結構。

説文解字

1. sway	[swe]	(v.)	影響
2. sluggish	[`slʌgɪʃ]	(adj.)	蕭條的
3. ingurgitate	[ɪn`gɝdʒəˌtet]	(v.)	席捲
4. resuscitation	[rɪˌsʌsə`teʃən]	(n.)	復甦
5. a business metropolis		(n.)	商業中心
6. infect	[ɪn`fɛkt]	(v.)	傳染
7. contagious disease		(n.)	傳染病
8. quarantine	[`kwɔrənˌtin]	(v.)	隔離
9. the authorities concerned		(n.)	有關當局
10. mandate	[`mændet]	(n.)	命令

㉓ 將 and 對等子句改為分詞片語

　　有時為了整體流暢性，and 所引導的對等子句，其 and 省略，同樣形成「一句兩動詞」，需將無連接詞的動詞改成分詞，此時分詞具有連接詞的功能。但是並非所有 and 所引導的對等子句皆可改成分詞構句，只有「連續動作」或「附帶狀況」時，才能去掉 and，將動詞改成分詞。

秒殺口訣

> **一句兩動詞，若無連接詞，將第二動詞（或以上）改為分詞。**

實例講解

1. My younger sister **was riding her bike**, and her hair blew in the wind.
= My younger sister **was riding her bike**, her hair **blowing** in the wind.
   我妹妹騎腳踏車時，她的頭髮隨風飄揚。

Note：一句兩動詞，若無連接詞，將第二動詞（或以上）改為分詞。頭髮隨風飄揚是騎腳踏車的附帶狀況，因此可以去掉 and，將動詞改成分詞，主

動 = V-ing。

2. She lay on the grass, and the sun shone upon her face.
= She lay on the grass, **with** the sun **shining** upon her face.

她躺在草地上，太陽照射著她的臉龐。

Note：一句兩動詞，若無連接詞，將第二動詞（或以上）改為分詞。太陽照射著她的臉龐是躺在草地上的附帶狀況，因此可以去掉 and，with + N + 分詞，強調附帶狀況。前後主詞須不一致，with 為介系詞，因此仍須將動詞改成分詞，主動 = V-ing。

3. I went to the kitchen, and took something to eat.
= I went to the kitchen, **taking** something to eat.

我到廚房去拿一些東西吃。

Note：一句兩動詞，若無連接詞，將第二動詞（或以上）改為分詞。拿一些東西吃是去廚房的連續動作，因此可以去掉and，將動詞改成分詞，主動 = V-ing。

4. I sat on the sofa, and my body was covered by a blanket.
= I sat on the sofa, my body **covered** by a blanket.
= I sat on the sofa, **with** my body **covered** by a blanket.

我坐在沙發上，身體蓋了一條毛毯。

Note：一句兩動詞，若無連接詞，將第二動詞（或以上）改為分詞。身體蓋了一條毛毯是我坐在沙發上的附帶狀況，故可以去掉 and。前後主詞不

　　　　一致可以使用 with + N + 分詞，被動 = P.p.。

5.I went to hospital, and was vaccinated with two injections.

= I went to hospital, **vaccinate**d with two injections.

　我去看病，打兩針預防針。

Note：一句兩動詞，若無連接詞，將第二動詞（或以
　　　　上）改為分詞。打兩針預防針是看病的附帶狀
　　　　況，因此可以去掉and，將動詞改成分詞，被動
　　　　= P.p.。

(24) 連綴動詞 + 分詞

　　記得有一次演講後，一位國中生很靦腆地說想問我一些問題，而他的筆記上也寫了許多問題，但因為時間有限，我得趕往下個目的地，所以主持人只能讓他發問一個問題。這讓他有點不知所措，不知道到底要問哪一個問題，陪他一起來的媽媽便有點心急，頻頻催促著他趕快發問。

　　看到他一臉尷尬，我說：「沒關係，把你的筆記拿給我，我幫你發問。」他把筆記遞給我，第一個問題是「何謂連綴動詞」，這時我才恍然大悟，為何他遲遲不敢發問，因為他怕問這個問題，人家會笑他你怎麼連「連綴動詞」是什麼都不知道呢？

　　在這邊，我想請教大家「何謂連綴動詞」，我想大家的回答也是「二二六六」，即使是專業的老師，講法也是抄參考書，講得「落落長」，無法讓人一聽就懂。於是我就跟他講，給我三秒鐘，我保證讓你懂「連綴動詞」─可加主詞補語（修飾主詞）的動詞＝連綴動詞。

　　接著，我舉幾個簡單的例子：

- She **is** beautiful.
- She **seems** busy.
- He **comes** running to me.
- He **becomes** a doctor.

　　以上這些動詞都是連綴動詞，因為不管是加形容詞、名詞、

分詞，都是當主詞補語，替主詞加以補充說明。在經過我的講解後，他點點頭，滿意地離開。

　　除此之外，連綴動詞也可以加分詞，因為分詞具有形容詞的功能，可以當主詞補語。此種連綴動詞的一般教法只是列出公式而已，並沒有進一步的解釋，而「秒殺口訣」既可以學到哪些動詞可加分詞當主詞補語，也可以知道它們的功用。

秒殺口訣

$$S + \begin{cases} 來 & (come) \\ 去 & (go) \\ 躺 & (lie) \\ 坐 & (sit) \\ 站 & (stand) \\ 回來 & (return) \\ 死去 & (die) \end{cases} + V\text{-ing / P.p.}$$

（當主詞補語，表示附帶狀況）

Note：此口訣的唸法 = 來、去、躺、坐、站、回來、死去 + 分詞。

實例講解

1. He **lay** in bed **watching** TV.
   他躺在床上看電視。

Note：watching TV 為主詞補語，說明 he 的狀態。

2. She **went shopping**.
   她去購物。

Note：shopping 為主詞補語，說明 she 的狀態。

3. He **sat** on the sofa **reading** a novel.

他坐在沙發上看小說。

Note：reading a novel 為主詞補語，說明 he 的狀態。

4. He **stood watching** a baseball game.

他站著看棒球比賽。

Note：watching a baseball game 為主詞補語，說明 he 的狀態。

5. She **returns a young widow**.

她回來時是個年輕的寡婦。

Note：a young widow 為主詞補語，說明 she 的狀態。

6. He **died young**.

他死得早。

Note：young 為主詞補語，說明 he 的狀態。

25 分詞當受詞補語

延續上面的口訣，分詞具有形容詞的功能，可以當主詞補語，替主詞（名詞）加以補充說明；當然也可以當受詞補語，替受詞（名詞）加以補充說明。

秒殺口訣

「開口笑」動詞 + O + 分詞 。

Note：「開口笑」動詞：keep, catch, leave, find 皆是長母音，需張開嘴巴兩邊發音，而 set 為短母音，無需張開嘴巴兩邊發音，所以發前面四個音需張開嘴巴兩邊，最後一個音，微張嘴巴即可，故稱「開口笑」動詞。

實例講解

1. He **keeps** the engine **going**.
   他讓這機器持續運轉。

Note：going 為受詞補語，說明 the engine 的狀態。

2. The teacher **caught** him **cheating**.
   老師抓到他作弊。

Note：cheating 為受詞補語，說明him的狀態。

3. She **left** the door **unlocked**.
   她沒鎖門。

Note：unlocked 為受詞補語，說明 the door 的狀態。

4. Mother **found** the toys **scattered** around the floor.
母親發現散落一地的玩具。

Note：scattered 為受詞補語，說明 the toys 的狀態。

5. Global warming **sets** humans **rethinking** what kind of environment they wish to live in.
全球暖化使得人們重新思考，他們到底想住在怎麼樣的環境。

Note：rethinking 為受詞補語，說明humans的狀態。

⓶⑥ 與分詞有關的複合形容詞

　　在英文中，它的單字基本上已固定成形，不像中文是組合式，例如馬鈴薯＋泥＝馬鈴薯泥，但是英文的馬鈴薯泥不可以講成 potato（馬鈴薯）＋ mud（泥），因為如果以這樣的講法，沒有一個外國人敢吃 potato mud，馬鈴薯泥的英文是 mashed potato（搗碎的馬鈴薯）。

　　然而英文也有複合字，可以好幾個字以連結號 (hyphen) 合成一個字，例如：a once-in-a-lifetime（一生一次的）、out-of-date（過時的）、long-distance（長途的）。其中以分詞為主，與其他詞類的複合字最有系統，也最為常見，不過一般英文文法書籍只提供公式而已，我的「秒殺口訣」教你有系統地複合這些字，並且依照此規則，自行複合英文單字。

一般教法：列出公式
- Adj-V-ing
- Adj-P.p.
- Adv-V-ing
- Adv-P.p.
- N-Ving
- N-P.p.
- Adj+ N-ed

> **秒殺口訣**
>
> **顛倒順序，將動詞改為分詞。**

look beautiful = beautiful-looking	長得美麗的
look silly = silly-looking	傻里傻氣的
smell bad = bad-smelling	味道不好聞的
painted white = white-painted	漆上白色的
made ready = ready-made	現成的
work hard = hard-working	努力工作的
flow swiftly = swiftly-flowing	水流湍急的
talk slowly = slowly-talking	講話慢的
sell best = best-selling	（最）暢銷的
behave well = well-behaved	行為良好的
design carefully = carefully-designed	精心設計的
discipline well = well-disciplined	紀律良好的
define ill = ill-defined	定義不明的
found ill = ill-founded	無事實根據的
consume time = time-consuming	耗時的
save life = life-saving	救命的
save labor = labor-saving	省力的
love-peace = peace-loving	愛好和平的
win award = award-winning	得獎的
get attention = attention-getting	引人注意的
catch eye = eye-catching	引人注意的
sacrifice self = self-sacrificing	自我犧牲的
run by state = state-run	國營的
owned by state = state-owned	國有的
made by man = man-made	人為的

beaten by weather = weather-beaten	飽經風霜的
ridden（困擾）by guilt = guilt-ridden	深感內疚的
Note: N-ridden	為～所苦的
torn by war = war-torn	飽受戰爭蹂躪的
stricken by poverty = poverty-stricken	極為貧困的
Note: N-stricken	為～所侵襲的
narrow-minded	心胸狹隘的
bald-headed	禿頭的
gray-haired	白頭髮的
far-sighted	有遠見的
well-intentioned	善意的
iron-hearted	鐵石心腸的
one-armed	獨臂的
white-collared	白領的

Note：adj. + N-ed（假分詞），通常此名詞與「人」
有關。

⏱ ㉗ so a strong tiger or such a strong tiger

··

　　我記得在國中時讀到 "She is so cute a girl (such a cute girl)." 這個句子時，當時我的英文老師什麼也不講，只是冷冷地講了一句話—背起來！於是我就傻傻地背了起來。應付當時的考試還 OK，但是過了一段時間便忘記了，所以每到複習考或大考時，便要反反覆覆地背誦。

　　它不好記的原因在於順序為何是 so cute a girl 或者是 such a cute girl，因為老師並沒有講解它們之間的差異性，所以我把它硬背起來。由於不了解它的結構，硬背的下場就是「容易忘記或搞混順序」。等到自己教書時，才發現此句型只要搞懂 "so" 和 "such" 兩個字的詞類便可迎刃而解，而且相似的句型也可應用同樣的方式 KO 它，真是一舉數得。

　　so 是副詞不可修飾名詞，故 so a cute girl 是不對的，因為 a cute girl「可愛的女孩」是名詞，所以不可以與 so 連用，需與 such 形容詞連用，形成 such a cute girl。如果一定要與 so 連用時，只要避開名詞即可，a cute girl 此片語中，a girl 為名詞，不可與副詞連用，故將 cute 形容詞往前調至 so 之後，與之連用形成 so cute a girl。

一般教法：死背

1. so + Adj + a + N
2. such + a + Adj. + N
3. such + Adj + 複數名詞

秒殺口訣

so = 副詞，不加名詞
such = 形容詞，可加名詞

Note：so, as, too, how = 副詞，不加名詞
　　　　such, what= 形容詞，可加名詞。

實例講解

1. A tiger is **as strong** an animal as a lion.
   老虎與獅子同樣是強壯的動物。

Note：as 副詞不加名詞，故as strong = 副詞加形容詞。

2. He is **too introverted** a boy to make friends.
   他是一個相當內向的男孩，以至於交不到朋友。

Note：too 副詞不加名詞，故 too introverted = 副詞加
　　　形容詞。

3. **How beautiful** a flower it is!
   好美麗的一朵花！

Note：how 副詞不加名詞，故 how beautiful = 副詞加
　　　形容詞。

4. **What a beautiful flower it is!**
   好美麗的一朵花！

Note：what 形容詞，故 what a beautiful flower = 形
　　　容詞加名詞。

(28) cannot ~ too

　　以前教高中時，大學聯考英文還有「對話題」，因此那時上課必須教一些日常生活必考的英文會話，其中有一句「經典對話」是所有高中英文老師必教的：I cannot agree with you more.（**我完全同意你。**）

　　但是，此句話乍看之下是否定的，為何整句話的意思是肯定的呢？這牽涉到英文的慣用法，與文法並無太大的關聯，因為在英文中，只要否定詞與 more 連用時，就會形成強烈肯定語氣。此種用法還包括高中英文補習班必教的 cannot ~ too（譯成中文「再～也不為過」，「越～越好」），於是就有這樣的句子出現：We cannot be too careful in driving.（**我們開車越小心越好。**）

　　不過很可惜的是，大部分老師或參考書並沒有將此類的慣用法統整起來告訴學生，只是「見招拆招」，cannot agree ~ more 就是完全同意，cannot ~ too 就是越～越好。其實這樣的慣用法有一定的「習性」，就讓秒殺口訣來告訴你吧！

秒殺口訣

否定詞 +「多」(over, too, much, more, enough) = 強烈肯定語氣。

實例講解

1. We **cannot** thank **enough** for your help.
   我們再怎麼感謝你的幫忙也不為過。

2. Parents **cannot overemphasize** children's moral education.
   父母親再怎麼強調小孩子的道德教育也不為過。

3. We **cannot** accentuate **much** the significance of veracity.
   我們越強調誠實的重要性越好。

說文解字

1. accentuate　[æk`sɛntʃuˌet]　(v.)　強調
2. significance　[sɪg`nɪfəkəns]　(n.)　重要
3. veracity　[və`ræsətɪ]　(n.)　誠實

29 as ～ as one can = as ～ as possible

　　在商業英文中常看到 ASAP 縮寫字母，它的原意是 As Soon As Possible ，「盡快」的意思。此種 as ～ as possible 的慣用法在日常生活中經常用到。

　　它也可以使用另一種極類似的句型 as ～ as one can，例如 Please mail it as soon as possible = Please mail it as soon as you can.（請盡快寄過來。）不過，因為此兩種句型相似，很多人就會發展成這樣錯誤的句型： as possible as one can。大部分的文法書籍在介紹此兩種用法時並沒有清楚解釋為何不可以這樣使用，原因在於很多英文老師與英文參考書作者的心態是：問這麼多做什麼，背起來就對了！難道你不知道這是慣用法，沒有道理可言。於是，你傻乎乎地背了起來，然後又不知不覺地忘記，經常還是寫出：as possible as one can 這樣錯誤的句型。

秒殺口訣

can（可能）與possible（可能）意義重疊，在此句型中不能並用。

實例講解

1. Mary had better consult a doctor **as soon as possible**.
 = Mary had better consult a doctor **as soon as she can**.
   瑪莉最好盡快看醫生。

2. Modern zoos make the animals' homes **as much** like their habitats in the wild **as possible**.
 = Modern zoos make the animals' homes **as much** like their habitats in the wild **as they can**.
   現代的動物園盡可能使動物們的家像牠們自然的棲息地一樣。

3. To sharpen your English ability, you are supposed to read **as many English articles as possible**.
 = To sharpen your English ability, you are supposed to read **as many English articles as you can**.
   你若要增強自己的英文能力，就應該盡可能多閱讀英文的文章。

⏱ 30 may as well ～ as ～ / might as well ～ as ～

　　曾經有同學問我，may as well ～ as ～ 與 might as well ～ as ～此兩種句型的差別。事實上，此兩種句型在日常生活中很少用到，它只會出現在文法書或補習班的教學上，大大小小的考試也很少考，因此很多人並不清楚它們之間的差異性。

　　我曾經看過很多文法書對於此兩種句型的解釋，但鮮少令我感到滿意的，這也就是說，同學們自己看文法書，會看不懂它們「精闢」的解釋。

　　一般參考書的解釋如下：

- may as well ～ as ～ = 與其 ～ 不如 ～（可能性較大）
- might as well ～ as ～ = 與其 ～ 不如 ～（可能性較小）
- You may as well see a movie as take a stroll in the park. 與其看電影，不如在公園裡散步。（可能性較大）
- You might as well marry the playboy as be a nun. 妳與其跟花花公子結婚，不如去當尼姑。（可能性較小）

　　其實第一句的解釋，誤解了此句型的原意。第二句的解釋是寧願當尼姑，也不願意嫁給花花公子，後面的括弧註解「可能性較小」，也就是說，這件事的發生機率不大。第二句的解釋比較接近該句型的原意，但還是與原意有些差距。**當你看完了我的「秒殺口訣」後，這兩種句型馬上變成「一塊小蛋糕」(a piece of cake)，迎刃而解。**

秒殺口訣

may as well ～ as ～ = 兩者皆可做
（可以 ～ 也可以 ～）
might as well ～ as ～ = 兩者皆不可做
（做A = 做B，皆不可做）

實例講解

1. You **may as well** see a movie **as** take a stroll in the park.
   你可以去看電影，也可以在公園裡散步。

Note：兩者皆可做。

2. You **might as well** marry the playboy **as** be a nun.
   妳與其嫁給花花公子，不如去當尼姑算了。

Note：兩者皆不可做。這句話的原意是用「激烈的比喻手法」傳達「不可嫁給花花公子」之意，所以說不是「機率小」的問題，而是「嫁給花花公子」不可行。

3. You **might as well** gamble **as** throw the money into the river.
   你與其拿錢去賭博，不如把錢丟進河裡。

Note：兩者皆不可做。這句話的原意是用「激烈的比喻手法」傳達「不可賭博」之意，所以說不是「機率小」的問題，而是「賭博」不可行。

㉛ used「習慣的」用法

以前在求學階段時看到這兩種句型：

- used to + Vr. 過去（規律地）習慣於 / 過去某種狀態
- be （現在式） used to + V-ing 現在習慣於

只能遵奉當時英文參考書的名言「背多分」，把它們死背起來。

當時讀英文普遍不是靠理解力，而是看誰比較勤勞，能不厭其煩地死背公式。當然我也是如此，常常背了又忘記，然後再背一次，所以那時我的英文好只是因為記憶力好，再加上努力不懈而已，有很多時候，我根本不知道它的原理為何。

對於英文老師來講，「背起來」是最簡單的方式，不用花腦筋想辦法弄懂它，以一套合理、簡單、有系統的方式解釋給學生聽。對於學生而言，不用花腦筋去理解它，只要勤勞一點，便可以在考試中得到高分。那時學英文的最大目的並不是開口講英文，而是在考試中謀求高分，只要英文考試成績漂亮，幾乎所有人都會認為你的英文好，沒人管你到底會不會開口講英文。但是，現在處於全球化與數位化的時代，世界運轉的腳步越來越快，讀英文時若所有的東西都是靠背的，很容易徒勞無功，即使需要背也要找個方式「好背、好記」，如此一來，讀英文這檔事就可以事半功倍。

一般教法：列出公式要你死背。

秒殺口訣

used to + Vr.（不定詞 + 原形動詞，天經地義）。
be + used to + V-ing（不看used to，直接
be + V-ing）。

實例講解

1. He used **to go** to the movies.
   他過去經常去看電影。

Note：不定詞 + 原形動詞，天經地義。

2. He **is** used to **going** to the movies.
   他現在養成看電影的習慣。

Note：不看 used to，直接 be + V-ing （be 可以使用
get / become 替代）。

3. He **is** used to **visiting** his grandparents.
   他現在養成探望祖父母的習慣。

Note：不看 used to，直接 be + V-ing （be 可以使用
get / become 替代）。

32 現在式助動詞 + have + P.p.

曾經有讀者問我如何快速區分下列兩種句型：

· He may leave. 他可能離開了。（現在找不到他）
· He may have left two hours ago. 他可能在兩小時前就
  已經離開了。（大概已有兩小時沒有見到他）

其實分辨這兩種句型可以採取「福爾摩斯偵探法」─就地
取材、抽絲剝繭即可。

· may leave = 現在式助動詞 + Vr.，原形動詞一定是
  現在式，故是對現在的推測。
· may have left = 現在式助動詞 + have + P.p.，完
  成式表示已完成的動作，時間點「過去」，故是對過
  去的推測。

以此類推、舉一反三：

· He **is absent** from the meeting **now**. He **must be
  caught** in a traffic jam. 他現在沒來開會，一定是遇到
  塞車了。（對現在的推測）
· The plant **withered**. It **cannot have been**

watered. 植物枯萎了，一定先前沒有澆水。（對過去的推測）

Note：must not 絕對不可，表示禁止。

- Judging from his countenance, he **may be sick**. 從他的臉色來看，他可能生病了。（對現在的推測）
- Judging from his countenance, he **may have received** an operation. 從他的臉色來看，他先前可能開過刀。（對過去的推測）

所以，按照上面的推論可以形塑出「秒殺口訣」。

秒殺口訣

現在式助動詞 (may / can / should / must) + Vr. = 對現在的推測。
現在式助動詞 (may / can / should / must) + have + P.p. = 對過去的推測。

085

33 過去式助動詞 + have + P.p.

....

　　延續上面的口訣，你是否可以迅速辨別下列句型，並明白箇中之義？

- He **may have been** dismissed. 他可能早已被解雇了。（推測之詞，並不知道他是否被解雇了）
- He **might have been** dismissed. 他原本有可能被解雇。（但事實上並沒有被解雇，**與過去事實相反，退一步海闊天空，從過去式退到過去完成式**）

　　舉一反三，便可以得到「秒殺口訣」。

秒殺口訣

現在式助動詞 (may / can / should / must)
+ have + P.p. = 對過去的推測。
過去式助動詞 (would, should, could, might)
+ have + P.p. = 過去未發生（與過去事實相反，退一步海闊天空，從過去式退到過去完成式）。

實例講解

1. That **was** a close call. He **could have been killed** by a car accident.

   那真是千鈞一髮！他當初差一點死於那場車禍。（僥倖逃過一劫）

2. Her sister **could not have been admitted** to NTU, but she **was** so fortunate.

   她的姐姐有夠幸運，原本是不可能上台大的。（僥倖考上）

3. He **would have delivered a speech**, but his schedule **was** very tight.

   他原本要演講，但是他的行程實在是安排得太過緊湊了。（因為他很忙，所以當初並沒有發表演講）

4. But that the global financial tsunami **battered** all sectors, the investment **could have been lucrative**.

   要不是金融海嘯重創所有的產業，這項投資原本是可以獲利的。

   （因為遇到金融海嘯，所以當初這項投資並沒有賺到錢）

5. Without his father's help, he **would have failed** in his business.

   當初若沒有他父親的幫忙，他的生意早就垮掉了。（當初他得到父親的幫忙，所以他的事業並沒有垮掉）

34 度量衡單位計算名詞

我曾經在 Facebook 上看到有人這樣寫著：I've waited for my true love for ten years. Ten years are a long while. （我已花了十年時間等候真愛！十年是一段漫長的時間。）乍看之下，"ten years" 十年是複數時間，但是它的動詞是靜態的 "be" 動詞，所以是指「一段時間」，故與單數動詞連用，因此此句話應該改成 Ten years is a long while. 下面以此類推：

- One hundred metric tons **is** a quite heavy weight.
  一百公噸是相當重的重量。
- Five thousand dollars **is** my part-time wage a month.
  五千元是我一個月打工的薪水。

上面的這些度量衡單位計算名詞雖然是複數，但是皆與靜態 be 動詞連用，故採用單數形動詞。Four hours **were spent** on the work. （花了五個小時做這個工作。）這句話的動詞不是靜態的 be 動詞，而是動態動詞 "spent"，強調時間過了五年，故與複數動詞連用。

> **秒殺口訣**
>
> **度量衡單位計算複數名詞 + be動詞 = 靜態表單數。**
> **度量衡單位計算複數名詞 + 一般動詞 = 動態表複數。**

實例講解

1. Five years **have passed** since he left home.

   自從他離家已過了五年。（pass 動態動詞，故與複數動詞連用）

2. 300,000 dollars **were wasted** by him.

   他浪費了三十萬元。（waste 為動態動詞，故與複數動詞連用）

35 秒殺指示單數形容詞

　　我現在所教授的科目大多是以進階英文為主，所接觸的學生也以大學生為主要對象。目前大學生英文的能力參差不齊，有的自小開始培養英文能力，到了大學後也沒有荒廢英文，所以整體英文能力不錯，挑戰各種英文檢定考也無往不利。但是有些人自小學英文，卻沒有抓住學習竅門，英文一直都不是他們擅長的科目，一旦需要使用英文時便會漏洞百出，鬧出不少笑話。

　　過去二十年以來，台灣的英文教育以「聽、說」為主，坊間美語補習班與學校聘用了大量的外籍師資，企圖提升國人的英文「聽、說」能力。經過了二十年後，年輕世代的英文「聽、說」能力還不錯，但是還是有不少人無法勝任這兩項基本語言的能力。

　　大部分學生的「讀、寫」能力不佳，尤其是英文寫作，這可以從「多益」考試的成績看出端倪，通常學生的「聽力」成績遠優於「閱讀」的成績，換句話說，都是靠「聽力」在拉高總分。全民英檢也是如此，第一試考「聽力」與「閱讀」通過的比例，遠高於複試的「翻譯寫作」與「口說」。若要留學，不論是考「托福」(TOEFL) 或「雅思」(IELTS)，都得考聽、說、讀、寫這四項英文能力，若是考 GRE 或 GMAT，需考讀、寫。寫作是學生們最常「掛掉」的項目，即使一流大學的學生，他們的英文寫作能力往往也令人不敢恭維！

　　我曾經看過一流大學的學生寫出這樣的英文：Every newcomers of the club are supposed to hand in their admission fee.（每位剛入會的會員應該繳交入會費。）這句話裡的錯誤源自於對 every（每一）的錯誤判斷。「每一」強調「一」單數，故與單數名詞、動詞、所有格連用，因此這句話應該改成 Every newcomer of the club is supposed to hand in his / her admission fee. 為何讀到大學，「基本」文法能力還是有所欠缺？最大的原因還是在於幾乎所有的書籍都只列出公式要學生死背，因此隨著時間的流逝，學生也逐漸淡忘這些公式，才會寫出這樣意思簡單但漏洞百出的英文句子來。

一般教法：死背公式
• No / Each / Every / Many a + N and a + N + 單數動詞。

秒殺口訣

單數形容詞 + 單數名詞、動詞、所有格。

實例講解

1. **No other person** but the manager **is** able to cope with the intractable foul-up.
   除了經理之外，沒有人有能力處理這個棘手的問題。
2. **Each staffer** of the company **has** a right to receive a year-end bonus.
   這家公司的每一位職員皆可領到年終獎金。

3. **Every male national** at the age of twenty in Taiwan **is** supposed do military service.

每一個在台灣滿二十歲的男性國民皆應服兵役。

Note：以上三句，no / each / every 皆是指示單數形容詞，故與單數名詞、動詞、所有格連用。

4. **Every father** and **every mother loves his** children.

每一位父親與母親都愛他／她自己的小孩。

Note：每一位父親與母親，強調個體與單數動詞連用。

5. **No food** and **no drink** is on the table.

桌上沒有任何的食物與飲料。

Note：強調桌上沒有任何東西，與單數動詞連用。

6. **Many a boy** and **many a girl is** having fun in the party.

許多男孩與女孩在舞會中都玩得很盡興。

Note：many + 複數名詞，強調整體 = many a + 單數名詞，強調個體，故與單數動詞連用。在此句型中，只要注意「a + 單數名詞」，可以不理會 "many"。

說文解字

1. intractable	(adj.)	棘手的
2. foul-up	(n.)	混亂，問題

36 some ～ / no ～ / any ～ / every ～ + 單數動詞

$$\left\{\begin{array}{l} \text{some} \\ \text{no} \\ \text{any} \\ \text{every} \end{array}\right. + \text{one / thing / body} + 單數動詞$$

此句型雷同於上面的句型，皆是**單數形容詞 + 單數名詞 + 單數動詞**。

秒殺口訣

～ one / thing / body（單數）+ 單數動詞。

實例講解

1. **Something plagues** me.
   我被某事困擾著。

2. **Nobody** but you **is** worth my trust.
   除了你之外，沒有人值得我信任。

3. **Anyone** who **wishes** to lose pounds **has** to exercise regularly.
   任何想要減肥的人，一定要規律地做運動。

4. Almost **everyone has** more or less experienced shopping online.

幾乎每一個人或多或少皆有線上購物的經驗。

說文解字

1 plague	[pleg]	(n.)	瘟疫
		(v.)	困擾
2. more or less		(adv.)	或多或少

㊲ the + 形容詞 = 全體

記得以前我在教國中時，教到 the barber's, the baker's, the grocer's 的時候，學生會很好奇地問，為什麼後面的名詞都省略掉？

我跟他們講，因為 the barber（理髮師）一定是開理髮店的，所以後面的 store 可以省略，其他兩者也是如此。以此類推，在高中時會學到 the + 形容詞 = 名詞，也是如法炮製。例如 the poor, the rich, the young，皆是省略之後的 people，看到這幾個形容詞即可知道它們皆是形容人，故可省略 people。

一般教法：
1. the + 形容詞 + 單數動詞 （表抽象）
2. the + 形容詞 + 複數動詞 （表該類全體）

秒殺口訣

the + 形容詞 = 人 (people) + 複數動詞
the + 形容詞 = 抽象 + 單數動詞

實例講解

1. **The rich** are supposed to give humanitarian aid to **the poor**.
   有錢人應該對窮人施以人道救援。

2. **The learned are** apt to despise **the ignorant**.

   有學問的人往往容易輕視沒有受教育的人。

3. **The beautiful is** not essentially the good.

   「美」未必是「善」。

例外：the accused（被告者）/ the condemned（被判有罪的
人）/ the convicted （被判有罪的人）/ the deceased
（死者） 雖然指人，但是強調「個人」，故與單數動詞
連用。

38 N1 + of + N2 + 單數 / 複數動詞

大家時常在文法書上看到這樣的公式：All / Most / Half / Part / Some / The rest / The majority / A lot (lots) / Plenty + of + 單數名詞 + 單數動詞 / + 複數名詞 + 複數動詞。每次看到這些「有的沒的」公式時，我心想求學階段時已經飽受它們的摧殘，但是過了二十年後，還是到處看到這樣的公式。我時常跟學生講，現在已經是 smartphone（智慧型手機）的時代，我們還在死背「轉盤式電話」（二十世紀）所留下的產物，真是落伍！難怪我們的英文一直停滯不前。所以，若要擺脫上一世紀已證明失敗的英文學習法，一定要捨棄這些「陳腔濫調」的公式，多用理解力，便可以突破這些公式的「包袱」。

秒殺口訣

N1 + of + N2 = 由後往前翻譯，譯成中文單數 + 單數動詞，複數+複數動詞。

實例講解

1. **Most** of **the pineapple is** spoiled.

這顆鳳梨的大部分爛掉了。

Note：這顆鳳梨的大部分 = 單數，故與單數動詞連用。

2. **Most** of the **students are** present.
   這些學生大部分都出席了。

Note：這些學生大部分 = 複數，故與複數動詞連用。

3. **All** of the **employees concentrate** on their work.
   所有的員工都專注於他們的工作。

Note：所有的員工 = 複數，故與複數動詞連用。

4. **All** of the **water** here **is** clean.
   這裡所有的水都是乾淨的。

Note：這裡所有的水 = 單數，故與單數動詞連用。

5. **One** of the most pleasant **things** in the country life **is** its natural scenery.
   鄉村生活中最有趣的事情之一便是它的自然景色。

Note：最有趣的事情之一 = 單數，故與單數動詞連用。

6. **Either** of the **boys tells** a lie.
   這兩個男孩中有一個人在說謊。

Note：兩者任一 = 單數，故與單數動詞連用。

7. **The rest** of the **boys are** playing volleyball.
   其他的男孩在打排球。

Note：其他的男孩 = 複數，故與複數動詞連用。

8. **The rest** of **money is** stolen.
   其餘的錢被偷。

Note：其餘的錢 = 單數，故與單數動詞連用。

9. **Two-thirds** of the **people** are well-educated.
   這些人有三分之二受過良好教育。

Note：這些人有三分之二 = 複數，故與複數動詞連用。

10. **Three-fifths** of the **mail** is sent by air.

這些信件有五分之三是由航空遞送。

Note：mail (n.) 郵件的總稱，視為單數名詞，故與單數動詞連用。

39 a ten-year-old boy

　　在國中教書時，學生們都不懂 a ten-year-old boy 的 ten-year（十歲）為何不加 s，問同學，沒有一個人可以說出箇中原由。同樣地，我也問過英文系的學生，從來沒有一個人所講的答案是正確的。我想有很多的專業英文老師也無法回答此問題，最後只會告訴你那是規定，不要管那麼多，背起來即可。但是，真是如一些老師所講的，這是規定嗎？其實不然，它是有文法根據的。若是兩個名詞放在一起的話，通常第一個名詞視為單數不可加 s，如 ox-carts（牛車）；foot-men（[穿制服的] 僕役）；shoe-makers（鞋匠）；step-mothers（繼母）。由此可證，ten-year-old boy 中的 year 已從名詞轉成形容詞，故以單數形出現。此種說法是根據文法上的原由，但是如果想要快速理解與運用的話，便需要靠「秒殺口訣」了。

秒殺口訣

數字與名詞之間有連結號 (-)，名詞一律用單數。

例外：
1. man + 單 N → men + 複 N: a manservant
　 → menservants
2. woman + 單 N → women + 複 N: a woman doctor
　 → women doctors

100

實例講解

1. How far is from your house to the school? It's **ten-minute** walk.

   從你家到學校多遠？十分鐘路程。

2. I can reach the outlet by **ten-mile** drive.

   開車十哩路可到暢貨中心。

40 代名詞補語的格

　　「不恥下問」是我常教我兒子的一句話，我認為術業有專攻，所以我一直充分尊重別人的專業，一有機會也很樂於傾聽不同專業人士的意見。

　　我一開始教英文的時候，雖然那時所接觸到的學生有很多是名校的學生，但也有很多從小英文就不好的學生，所以我所設計的課程，主要目的是把複雜的東西加以簡單化，要讓那些自認為英文程度不好的學生也能聽懂，希望每個來上我的英文課的人可以有不同程度的吸收，這才會有「秒殺英文法」與「秒殺口訣」的誕生。所以一有機會，我會很仔細地去聆聽別的老師上課，進而補足自己的不足。當我聽到令人驚豔的東西時會馬上以筆記起來；聽到「陳腔濫調」時我也會仔細反省自己的教學是否也是如此「炒冷飯」，努力思考改善的空間。

　　多年前，我在偶然的情況下聽到一位同業上課，那時正好她教到「代名詞補語的格」，結果她只在黑板上抄了一遍參考書的公式，將公式優美地講述了一遍，不做任何解釋，就進行下一個單元。

　　聽到如此解釋，我順便偷瞄了一下學生的反應，他們似乎也只是忙碌地將公式抄下，並不管是否可以理解老師所寫的公式。其實如同標題「代名詞補語的格」，從中文字面上解釋，代名詞補語就是對原本的代名詞加以補充說明，所以它的「格」與原本的代名詞一致，也就是前面是主格，後面也就是主格；前面是受格，後面也就是受格。

一般教法：死背下列句型

1. S + V + 受詞 + to be + 受格
2. S + V + (that) + S + be + 主格
3. S + be + P.p. to + be + 主格

秒殺口訣

以 **be** 為主，之前為主詞，之後為主格；之前為受詞，之後為受格（平行對等）。

實例講解

1. I thought **the honest boy** was **he**.
   我認為他就是這個誠實的男孩。

Note：以 be 動詞為主，the honest boy 是主詞，補語也是主格 = he。the honest boy 是 I thought 的 that 子句的主詞，其中的 that 省略掉。

2. **The honest boy** was thought to be **he**.
   大家都認為他就是這個誠實的男孩。

Note：以 be 動詞為主，the honest boy 是主詞，補語也是主格 = he。

3. I believed **the author** to be **him**.
   我相信他就是這個作者。

Note：以 be 動詞為主，the author 是 I believed 的受詞，補語也是受格 = him。

41 虛主詞 it 的用法

　　時常有英文系的學生問我何謂「英文修辭學」，因為他們經常聽到英文系老師講：「你的這個句子符合文法，但不符合修辭學！」

　　我告訴他們，文法並不是講英文的最高指導法則，像老外的日常生活對話中就常出現不合文法的用語；此外，文法也不是寫作的唯一標準，有時內容合乎文法，卻不合邏輯或離題，此時文法再怎麼好也於事無補。所以，有時候文法好並不代表你的英文好，尤其在寫作時，文法只是基礎的必備條件，有時候也需要「修辭學」來潤飾你所寫的內容。簡單地說，「修辭學」是語言的「美學」，讓原本不太好看的句子或抽象用語，可以更具體化、意象化。例如：

- **That the career fair which invites more than 500 enterprises aims to provide the job opportunities for those undergraduates who are graduating** is delayed by the hurricane.
  此次就業博覽會邀請了五百家以上的企業參與，其目的是提供即將畢業的大學生工作機會，但是碰到颱風延期了。

　　此句話的主詞：
That the career fair which invites more than 500 enterprises aims to provide the job opportunities for those undergraduates who are graduating

　　此句話的述語（動詞 + 受詞）：

is delayed by the hurricane

　　這樣的寫法不違反文法規則，但是讀起來吃力，因為它「頭重腳輕」，你需要讀了一大串主詞後才可以知道這句話的重心，所以此時須藉助「修辭學」讓它變成「模特兒的身材」—頭小身體長。於是找一個虛主詞 "it"，形成「頭小」，將原本的主詞調至句尾，形成「身體長」。經過這樣「整形」後，醜人就大翻身了：

· **It** is delayed by the hurricane **that the career fair which invites more than 500 enterprises aims to provide the job opportunities for those undergraduates who are graduating**.

一般教法：死背下列公式

It + be + to + Vr. / that + S + V ～

秒殺口訣

頭小身體長。

Note：頭 = 主詞；身體 = 動詞 + 受詞 或 be + 形容詞。

實例講解

1. To blaze a new trail in the cutting-edge technology industry is strenuous.

在尖端科技產業開創一條嶄新的道路是很費勁的。

應該改成：

It is strenuous **to blaze a new trail in the cutting-edge technology industry.**

Note：不定詞片語當主詞過長時，將它移至句尾，原本主詞的空間填入 it 當虛主詞，形成「頭小身體長」。

2. That the government remains committed to developing the energy-saving and low-carbon industry is laudible.
政府致力於發展節能低碳的產業是值得稱讚的。

應該改成：

It is laudible **that the government remains committed to developing the energy-saving and low-carbon industry.**

Note：that 子句當主詞過長時，將它移至句尾，原本主詞的空間填入 it 當虛主詞，形成「頭小身體長」。

說文解字

1. strenuous [`strɛnjʊəs] (adj.) 費勁的
2. blaze a new trail (v.) 開創一條嶄新的道路
3. cutting-edge [`kʌtɪŋ ɛdʒ] (n.) 時代尖端
4. remain committed to + N. / V-ing 致力於
5. energy-saving [`ɛnədʒi `sevɪŋ] (adj.) 節能
6. low-carbon [lo `karbən] (adj.) 低碳
7. laudable [`lɔdəbḷ] (adj.) 值得稱讚的

42 虛受詞 it 的用法

延續上面的口訣，受詞 to + Vr. 或 that 子句過長，之後接有受詞補語時，以 "it" 代替成為「虛受詞」，將真受詞移至句尾。

一般教法： 死背下列公式

S + think / consider / suppose / believe / find / make / take + it + O.C. + to + Vr. / that (wh--) + S + V ～

秒殺口訣

受詞與受詞補語的間距「越短越好」。

實例講解

1. The average people think ___<u>**it**</u>___ <u>a devilish habit</u>
　　　　　　　　　　　　　　虛受詞　　　　受詞補語

to smoke in public.
　真受詞
一般人都認為在大庭廣眾之前抽菸是一項不好的習慣。

Note：受詞與受詞補語的間距「越短越好」，將 to smoke in public（真受詞）移至句尾，受詞的空缺填入 it（虛受詞）。

2. Most economists believe **it** a tentative phenomenon
　　　　　　　　　　　　 虛受詞　　　　　　受詞補語

that quantitative easing accelerates the
resuscitation of economic activities.
　　真受詞

大多數的經濟學家相信，貨幣寬鬆政策加速促進經濟活動的復

甦，是一種暫時的現象。

Note：受詞與受詞補語的間距「越短越好」，將 that
　　　　 quantitative easing accelerates the resuscitation
　　　　 of economic activities（真受詞）移至句尾，
　　　　 受詞的空缺填入 it（虛受詞）。

3. The lucky lottery winner considers **it** incredibly
　　　　　　　　　　　　　　　　 虛受詞　　受詞補語

fortunate **to win the undreamed-of fortune**.
　　　　　　　　 真受詞

這位幸運的樂透得主認為他是無比地幸運，贏得作夢也想不到的

財富。

Note：受詞與受詞補語的間距「越短越好」，將 to
　　　　 win the undreamed-of fortune（真受詞）移至
　　　　 句尾，受詞的空缺填入 it（虛受詞）。

說文解字

1. tentative 　　　　　 [ˋtɛntətɪv]　　 (adj.) 暫時的
2. quantitative easing 　　　　　　　　 (n.)　貨幣寬鬆政策
3. resuscitation 　　　 [rɪˏsʌsəˋteʃən] (n.)　復甦
4. undreamed-of 　　　 [ʌnˋdrimdɑv]　(adj.) 作夢也想不到的

⏱️(43) it, one, that 的區別

你能區分下列這三個代名詞的用法嗎？

1. I like this tie. Please wrap _____ .
2. Do you have a pen? Please give me _____ .
3. The climate of South Korea is much colder than
   _____ of Taiwan.

大多數的文法書在解釋這三種代名詞時，通常以下列的公式為主要的範本：

- the (this, that, my, your, his ～) + 單數名詞 = it
- a(n) + 單數名詞 = one
- that 同一類，但非同一個

按照此一公式，可以很快的解出上面三題的答案：

1. this tie = it
2. a pen = one
3. the weather = that, 同一類，但非同一個

雖然這個公式可以正確、迅速解題，但還是屬於強行硬記，而非符合人體工學的自然記憶法。在此提供一種聯想法，從字裡行間去聯想，而不是從記憶深處喚起公式。

it（由 **it** 的發音聯想到「一」）= 同「一」物。
one（由 **one** 聯想到 two, three ～）= 非特定對象。
that（由 **that** 的發音聯想到「類」）= 同「類」不同物。

實例講解

1. Have you ever seen **the movie**? Yes, I have seen it.
   你曾經看過這部電影嗎？是的，我看過。

Note：the move = it； it = 同「一」物。

2. Have you ever seen **a whale**? Yes, I have seen one.
   你曾經看過鯨魚嗎？是的，我看過。

Note：a whale 非特定對象； one =非特定對象。

3. The **price** of a motorcycle is much lower than **that** of an automobile.
   摩托車的價格遠比汽車的價格來得便宜許多。

Note：the price of a motorcycle 與 the price of an automobile 同「類」不同物；that = 同「類」不同物。

例外：the same + 先行詞 + as ～ = 同類不同物
　　　the same + 先行詞 ～ that = 同一物（人）

1. I bought **the same** car **as** you bought.
   我買的車子跟你買的車子同款。

Note：同類不同物。

2. This is **the same** car **that** I have lost.
　　這是我所丟掉的車子。

Note：同一物。

44 Wh ～ / How 當疑問詞 或當連接詞

英文初學者往往是從 wh ～ 與 how 的問句開始，一問一答，讓初學者很快便可上手，例如：

- Who are you? I am John.
- When did you call me last night? At 10:00 p.m. last night.
- What is your father? He is a doctor.
- How do you go to school? By bus.
- Where are you living? I am living in Taipei.

所以上述的這些 wh ～ 與 how 皆是引導疑問句的疑問詞。但是隨著難度的增加，學生們會發現 wh ～ 與 how 未必都是引導疑問句，例如：

- **When** I was a child, I like to eat candies.
  我小時候喜歡吃糖果。
- I don't know **when** he will come here tomorrow.
  我不知道他明天何時會來這裡。
- The year **when** I was graduated from the university was very significant to me.
  我大學畢業的那一年對我很重要。

　　上面這些 when 所引導的句子皆不是疑問句，第一句的 when 是引導副詞子句，第二句的 when 引導名詞子句，第三句 when 引導的是形容詞子句。學生們開始混淆，因為文法書上會跟他們講，以上三句話的 when 皆當作從屬連接詞。本來學生就不太了解，為何這些 when 不當疑問詞，現在再來一個文法術語更讓他們「霧裡看花」，看不懂之間的差異。其實，有時候拋開文法術語的包袱，你會豁然開朗，明白它們的箇中奧妙。講白了，wh～或 how 引導「疑問句」時，純粹是疑問詞，並無連接詞的功能，只能出現一個動詞。但是引導「非疑問句」時，卻有連接詞的功能，可以出現兩個動詞。如果還是覺得一知半解時，看以下的秒殺口訣便可迅速 KO 它。

秒殺口訣

Wh～/ How～？在疑問句時（問號），無連接詞功能。
Wh～/ How～. 在直述句時（句點），有連接詞功能。

實例講解

1. The person **whose** deadpan face **shows** his solemn personality **is** our new manager.
我們新任的經理面無表情，透露出他嚴肅的個性。

Note：whose 為wh～，在直述句中，具有連接詞的功能，可以讓兩個動詞同時存在。

2. **Who drove** last night?
昨晚誰開車？

Note：who 為wh～，在疑問句中，無連接詞的功能，只可以有一個動詞。

3. **Whatever** I **have tried** to do in my life, I **have tried** with all my heart to do well.

我的一生當中無論嘗試做任何事情，一定盡全力將它做好。

Note：whatever 為wh～，在直述句中，具有連接詞的功能，可以兩個動詞同時存在。

4. **What** can I **do** for you?

我可以為你做點什麼事？

Note：what 為wh～，在疑問句中，無連接詞的功能，只可以有一個動詞。

5. **However** difficult the problem may **be**, you **have** to try your best to surmount it.

無論這問題有多麼困難，你都要盡全力克服它。

Note：however 為how～，在直述句中，具有連接詞的功能，可以兩個動詞同時存在。

6. **How** do you **feel** after working for a long time?

在長時間工作後，你感覺如何？

Note：how 在疑問句中，無連接詞的功能，只可以有一個動詞。

45 each / every 相同與差異

　　雖然 each / every 這兩個字我們並不陌生，但並不表示你跟它們熟識。根據我的教學經驗，還是有不少的學生根本不會分辨此兩字的用法。中文的「每一個」就只有一種講法，到底是指「有範圍的每一個」或「無範圍的每一個」，只能從講話者的前後文得知。但在英文中，便可很清楚地知道 each 是指「有範圍的每一個」，every 是指「無範圍的每一個」。如果想要徹底了解它們之間的差異性，必須得從相同性開始切入，會比較容易理解它們的箇中差異。

秒殺口訣

> **相同性：**「三單」原則（單數名詞、單數動詞、
> 　　　　　單數所有格）
> **相異性：each：**有範圍；**every：**無範圍
> 　　　　　**each** 不可 **+ not；every** 可 **+ not**
> 　　　　　**each** 可單獨使用；**every** 不可單獨使用
>
> **Note：**相異性時，牢記 each，every 則與它相反。

1. **Each** of **the students has his** own bicycle.

   這些學生中的每一個人，都有他自己的腳踏車。

Note：這些學生在一定範圍內，故使用 each，each 與
　　　　單數動詞、單數所有格連用。each 可當代名詞，
　　　　可單獨使用。

2. **Every male national** must do military service.

   每一個男性國民皆須服兵役。

Note：所有男性國民必須要服兵役，無範圍，故使用
　　　　every，every 與單數名詞連用。every 只可當形
　　　　容詞，必須與名詞連用，不可單獨使用。

3. **Each** of **the fifty students is** present at school today.

   五十個學生每個人今天都來上課。

Note：五十個學生在一定範圍內，故使用 each，each
　　　　與單數動詞連用。each 可當代名詞，可單獨使
　　　　用。

4. **Not every mother has** a full-time job.

   並非每一個媽媽皆有全職的工作。

Note：not 可與 every 連用，不可與 each 連用；every
　　　　需與單數名詞、單數動詞連用。every 只可當形
　　　　容詞，必須與名詞連用，不可單獨使用。

46 Wh～ / How 倒裝的問題

有學生在部落格中問我「何謂間接問句」？我很簡潔地回答：疑問詞置於句中的就是「間接問句」，無需使用「？」、也無需倒裝；換句話說，疑問詞置於句首即是「直接問句」，需使用「？」、也需倒裝。

試比較下列兩句：

- **When will** you come tomorrow**?**
  你明天何時來？
- I would like to know **when** you **will come** tomorrow**.**
  我想知道你明天何時來。

第一句話，疑問詞置於句首，使用「？」、倒裝，故形成直接問句；第二句話疑問詞置於句中，不使用「？」、不倒裝，故形成間接問句。

秒殺口訣

疑問詞置於句中，無需倒裝。
倒裝一遍即可，第二個動詞不需倒裝。

實例講解

1. I asked him **whether** or not he **had finished** his homework.

   我問他是否已完成家庭作業。

2. I don't know **what she is**.

   我不知道她從事什麼行業。

3. She wonders **where** the picnic **will be held**.

   她想知道此次的野餐地點在哪裡。

4. The police doubted **what** the suspect **had said**.

   警方不相信這名嫌疑犯所說的一切。

5. The audiences are curious about **how** the entrepreneur **broke through** the bottleneck.

   觀眾們好奇這位企業家如何突破這次的難關。

Note：疑問詞置於句中，無需倒裝。

6. **Whom do** you think he **will marry**?

   你認為他的結婚對象會是誰呢？

7. **How much do** you guess the hat **costs**?

   你猜這頂帽子的價格是多少？

8. **When do** you say she **will return** the money to me?

   你說她什麼時候會還我錢？

9. **Where do** you suppose he **will advance** his studies?

   你以為他會去哪裡進修？

10. **Why do** you believe he **will lose** the game?

    你為什麼認為他會輸掉這場比賽？

Note：
1.倒裝一遍即可，第二個動詞不需倒裝。
2.疑問詞 + do you + 認為動詞 + S + V ～ 表示
　猜測句型。
3.認為動詞：think, consider, suppose,
　believe, imagine, guess, say。

47 三明治式的形容詞子句

　　形容詞子句依照句中的位置，可以區分成「彗星式」與「三明治式」的形容詞子句：

一、彗星式

1. I know the boy who sits there.
   我認識坐在那裡的那個男孩。
2. He likes the girl who has a good face and sweet smile.
   他喜歡那個臉蛋好看且笑容甜美的女孩。

　　形容詞子句掛在整句話的最後面，也就是說在受詞後面形成一串如「彗星」般的樣貌。

二、三明治式

- The teacher (whose hat is red) is my English teacher.
  戴著紅色帽子的那位老師是我的英文老師。

Note：

1. The teacher 第一層。
2. whose hat is red 第二層。
3. is my English teacher 第三層。
4. 把第二層以括弧隔開，形成三明治中間的夾層。

秒殺口訣

主詞後括弧，第二個動詞前括弧，括弧裡面即是「三明治式」的形容詞子句。

實例講解

1. The lady (whom I love) is my wife.

　　我所愛的那位女士是我的太太。

Note：

1.The lady 第一層。

2.whom I love 第二層。

3.is my wife 第三層。

4.把第二層以括弧隔開，形成三明治中間的夾層。

2. The doctor (whose hair is gray) is my neighbor.

　　有白頭髮的那位醫生是我的鄰居。

Note：

1.The doctor 第一層。

2.whose hair is gray 第二層。

3.is my neighbor 第三層。

4.把第二層以括弧隔開，形成三明治中間的夾層。

3.The novel (which was written by Dickens) is my favorite.

　　狄更斯所寫的那部小說是我最喜歡的小說。

Note：

1.The novel 第一層。

2.which was written by Dickens 第二層。

3.is my favorite 第三層。

4.把第二層以括弧隔開，形成三明治中間的夾層。

4. The book (whose cover is red) is my favorite.

有紅色皮的那本書是我最愛的書。

Note：

1.The book 第一層。

2.whose cover is red 第二層。

3.is my favorite 第三層。

4.把第二層以括弧隔開，形成三明治中間的夾層。

48 省略關代受格

　　美式英文中關代受格時常省略：

・The lady (whom) I respect is my teacher.
・The boy (whom) I met yesterday is his classmate.
・The novel (which) I like most is Harry Porter.

　　這三句的關代受格皆可省略，**但是如果關代之前有逗點或介系詞時，關代的受格則不能省略：**

・George Washington**, whom** people all over the world honor, is a distinguished and veracious statesman.
　喬治華盛頓受到世人的尊敬，他是一位傑出與誠實的政治家。
・Steve Jobs**, whom** the young admire, sets a salient paragon to the young generation.
　史提夫賈伯斯受到年輕人的欽佩，他為年輕的世代立下一個好的典範。
・England is the land **in which** the bus conductors are good-tempered and the policemen carry no revolvers.
　在英國巴士的車掌脾氣都很好，並且警察都不需配戴手槍。
・I couldn't think of any reason **for which** you should take all the blame for what happened.
　我實在是想不出來有任何理由，你應該對於所發生的事承

擔所有過失的責任。

由這些例句便可以得到秒殺口訣。

秒殺口訣

關代前無逗點、無介系詞,關代受格可省略。

49 關代與插入句 / 非插入句的用法

有一次，我讀高中的兒子問我這樣的題目：

1. He is the man _____they say is honest.
   (A) who (B) whom (C) whose (D) which
2. He is the man _____they say to be honest.
   (A) who (B) whom (C) whose (D) which

第一題的答案是 A；第二題的答案是 B。他不明白第一句與第二句有何差別，為何第一句的答案是主格，而第二句的答案是受格。我反問他：「你們學校的老師沒有教嗎？參考書沒有解釋嗎？」

他搖搖頭說，老師在上課時有提到，不過是含糊籠統地帶過去，參考書則只是把公式列出，並且解釋第一句為插入句，第二句為非插入句。他問：「何謂插入句？何謂非插入句？」

要搞懂這兩個句子有這麼困難嗎？

於是，第一題，我把 they say 遮起來，形成：

• He is the man _____ is honest.

此空格很明顯缺主詞，所以補關代主格 who。

我對他說，只要將關代之後的主詞 + 動詞遮起來不看它，

另外一個動詞尾隨在後，這樣就是插入句，插入句可有可無。

第二題，我不把 they say 遮起來，我從 they say 後面開始講起，形成 ＿＿they say to be honest，they say 後面少一個受詞，to be honest 是該受詞的補語，所以這一題須填入關代受格 whom，這種句型必須得看 they say，所以不是插入句。

接著，我告訴他這種講法是按照文法規則來講，如果要聽更簡潔的說法，我的秒殺口訣保證可以讓他「藥到病除」。在聽了口訣後，他很滿意地笑了。

一般教法：列出公式，要你死背。

秒殺口訣

形容詞子句中，兩個動詞連用時，請加主格；無兩個動詞連用時，請加受格。

實例講解

1. The man **who I thought was** a thief was arrested by the police.

   我認為是小偷的那個人遭到警察逮捕。

Note：形容詞子句中，兩個動詞連用時，請加主格。

2. The man **whom I thought to be** a thief was arrested by the police.

   我認為那個是小偷的人遭到警察逮捕。

Note：形容詞子句中，無兩個動詞連用時，請加受格。

3. The girl **who I supposed was** my friend cheated me.

   我當她是我朋友的這個女孩欺騙了我。

Note：形容詞子句中，兩個動詞連用時，請加主格。

4. The girl **whom** I **supposed to be** my friend cheated me.
   我當這個女孩是我的朋友欺騙了我。

Note：形容詞子句中，無兩個動詞連用時，請加受格。

5. Jeff is the person **who** we **believe is** able to solve the problem.
   我們相信能夠解決此問題的人是傑夫。

Note：形容詞子句中，兩個動詞連用時，請加主格。

6. Jeff is the person **whom** we **believe to be** able to solve the problem.
   我們相信傑夫就是那一個可以解決此問題的人。

Note：形容詞子句中，無兩個動詞連用時，請加受格。

50 which 可代替逗點之前的整個子句

試著分辨這兩個句子：

- Her cousin comes from **Hong Kong**, **which** is an international financial center.
  她的表親來自香港，而香港是國際金融中心。
- **Her cousin comes from Hong Kong**, **which** I know from his accent.
  由她的表親的腔調可以得知，他是從香港來的。

第一句話的 which 關代主格代替「香港」，逗點之前的先行詞。第二句話 which 關代主格代替「她的表親來自香港」，逗點之前的整句話。因此便可以得到以下的秒殺口訣。

秒殺口訣

逗點後的which （關代主格）—1.可代替逗點前的先行詞；2.若無法代替逗點前的先行詞即代替整個子句。

實例講解

1. **She is stingy**, **which** is known to us.
   眾所皆知，她很吝嗇。

128

Which is known to us, she is stingy. (X)

Note：which 代替逗點之前的整個子句，只能置於句尾。此時也可以用 as 取代which，可以置於句首或句尾。She is stingy, as is known to us. = As is known to us, she is stingy.

2. **The person is a doctor**, **which (as)** is striking from his way of speaking.

   由那個人說話的樣子可以明顯看出，他是個醫生。

= **As** is striking from his way of speaking, **the person is a doctor**.

3. **He was absent from class**, **which (as)** is often the case with him.

   他沒來上學，這對他來說是時常發生的事。

= **As** is often the case with him, **he was absent from class**.

4. **He succeeded in applying for the traditionally elitist and discriminatory school**, **which (as)** had been expected.

   如大家所期待的，他申請到了傳統名校。

= **As** had been expected, **he succeeded in applying for the traditionally elitist and discriminatory school**.

第二篇

單字篇

CHAPTER TWO

① 如何秒殺最長的英文單字：45個字母的「火山矽肺症」

一般教法：在一些英文教學網站上，有不少老師喜歡講解 Pneumonoultramicroscopicsilicovolcanokoniosis 這個英文單字，來突顯出長字母的單字如何記憶。

秒殺英文法

無需了解此字。

Note：

1. 一輩子也不會用一次。
2. 基本上來講，台灣不會火山爆發，不會有這種疾病。
3. 英文長字可用「字首、字根、字尾」來了解；反而是短短的單音節單字無「字首、字根、字尾」，不會時無從猜起。
4. 有人上「多益」講解這個字，是否恰當，我認為「留給看官自己去判定」。
5. 此字可以拆解成：Pneumono + ultra + micro + scopic + silico + volcano + conisosis。
6. **此字如果懂得第一個字 pneumono(=pneumonia) 可知肺炎，如果也懂得 volcano，便可以知道此肺炎是由火山所造成，若是不懂得 pneumono 也無大礙，可由 volcano 去聯想：火山爆發是一件不好的事情，往「負面去猜」即可，無需勞師動眾背誦，或去認真了解這個「一輩子也不會用到的字」。**
7. **應用「有邊讀邊，沒邊讀中間」，很多的時候可以猜到字的「大概」意思。**

2 諧音法是否是學好英文的救星？

　　在我的上一本書《秒殺英文法：你所知道的英文學習法99% 都是錯的》的第一章第十三篇「單字雞尾酒」中，提到記單字絕對不是單靠「電視上有些節目所提到的諧音法」即可牢牢記住。它只是其中一種方法而已，還有其他方法，如「自然發音法」、「字首、字根、字尾法」、「單字延伸聯想法」。以下是我最近從電視上看到的諧音法，與大家分享。

1. ceiling 天花板
電視：「士林」夜市的天花板在滴水。
　秒殺口訣　天花板「淅淋」地在滴水。
2. court 宮廷、法庭
電視：法庭時常傳來法官敲槌的「叩叩」聲。
　秒殺口訣　進入宮廷、法庭時需「叩頭」以示敬意。
3. sentimental 多愁善感的
電視：「山東饅頭」與多愁善感的有何關聯。
　秒殺口訣　sent (sens) = 「feeling 情感之意」
　　　　　　　如此一來與多愁善感即有關聯，無需字字
　　　　　　　諧音法。
4. delay 耽擱、延遲
電視：火車不開因為有「地雷」，所以「耽擱、延遲」。
　秒殺口訣　無需大費周章使用諧音法，此字日常生

活常用字，一般人都會用，無需字字諧音
法。

5. message 訊息

電視：「沒興趣」留言（我個人覺得這個諧音法還 OK）。

秒殺口訣 無需大費周章使用諧音法，此字日常生
活常用字，一般人都會用。

6. post-it 便利貼

電視：「波斯女」貼「便利貼」。

秒殺英文法 無需大費周章使用諧音法，此字 post
（貼）一般人都會，+ it = 貼上去（便
利貼），比聯想到「波斯女」貼「便利貼」
更加簡潔。

3 KO英文單字的一字多義：「枝狀圖聯想法」

　　很多人在學英文時有一種錯覺：「英文的文法好難啊！」

　　我為何說英文文法很難是一種錯覺呢？如果與其他歐洲語言比較的話，如拉丁語系（法文、義大利文、西班牙文、葡萄牙文），你會發現英文的文法真是簡單多了！在拉丁語系中，一個動詞的字尾基本上有六種變化，包括第一、二、三人稱的單複數字尾變化，規則與不規則變化，再搭配不同的時態，往往一個動詞就會讓你頭大。而且名詞與形容詞還有陰性/陽性之分，它的句型也與英文的基本句型「主詞＋動詞＋受詞」不同，因為它的受詞通常置於句首，再連接動詞與主詞。反觀英文動詞的變化，相對來講簡單許多，第三人稱/非人稱單數動詞＋s，其他保持原形，進行式在動詞後加 ing，被動語態或完成式多數的動詞與過去式一樣在字尾加 ed 即可。名詞與形容詞也無陰性/陽性之分。

　　看完以上的簡單介紹後，你是否還覺得英文的文法很難呢？但我們是否能因此斷定英文是一種極為簡單的語言呢？其實，我在上一本書中已提過，英文難在單字，而非文法上！很多的英文中高階單字都是從古拉丁文直接演變而來的，尤其是「醫學上用字」又臭又長、又難發音。所以，英文學習者不難發現所謂電視上英文教學所推行的自然發音法，通常只能處理低階單字，無法處理一些中高階單字。除此之外，英文有時某些字母是不

發音的，如 castle 城堡[`kæs!] 中的 t 是不發音的，只要是"st"放在字的中間，t 則不發音；comb 梳子 [kom] 中的 mb 不發音，因為"mb"放在字尾，b 則不發音；pneumonia 肺炎 [nju`monjə] 此字中的 p 與 e 不發音。以上所講的這些字都不是自然發音法可以勝任的！

　　除了發音規則有時讓人感到困惑以外，英文的「一字多義」也是令人頭痛的事情！例如，security 安全，security + police ＝ 特警；security + guard ＝ 保安人員；security + company ＝ 保安公司；securities + company ＝ 證券公司。

　　securities（複數形）的意思並不是「安全」，而是「有價證券」，因此 securities company 是「證券公司」。但是，雖然 security / securities 意義不同，似乎可以使用「聯想法」將它們之間聯想在一塊，形成「有價證券」是「安全的」。**這就是我一直在推行的「枝狀圖聯想法」記憶模式，人的記憶猶如大樹與樹枝間的關係，先找到「大樹」，再從大樹發展到「樹枝」形成綿密的記憶網。**例如：

1. With the passage of time, her **appreciation** of music grew.
   她對音樂的**鑑賞力（欣賞）**隨著時間提高了。

2. There is a greater **appreciation** of the message heard without the disturbance of extraneous sounds.
   聲音聽得更清晰，因為沒有外界雜音的干擾，每一個信息都能**理解**。

3. This card is to show my **appreciation** and gratefulness for all you have done to me.
   這張卡片是想要表達你對我所做的一切的**感激**與感恩。

4. The **appreciation** of the mansion is in your favor.

這棟豪宅的**增值**對你有利。

5. Provident was his **appreciation** of the depreciation of the U.S. dollar against the NT dollar.

他對於美元對新台幣貶值的**正確評估（看法）**是具有先見之明的。

以上這五句話的 appreciation 都有不同的解釋：1. 鑑賞力 2. 理解 3. 感激 4. 增值 5. 正確評估。乍看之下，這五種意義皆有不同的涵義，但是如果以「枝狀圖」來聯想時，則可以發現它們之間似乎有「枝節點」串聯成一「枝狀網」。首先，這五種解釋都是正面性的，所以更能確定它們彼此之間確有連結，然後找到大樹後，便可以勾勒出完整的「枝狀圖」。

鑑賞力（欣賞）為「大樹」發展出其他四個分枝 → 理解 → 正確評估 → 增值 → 感激。這五種意義以文字串聯成：「鑑賞力」（欣賞）須靠「理解」與「正確評估」才會「增值」，這是值得「感激」。以這種「枝狀圖」聯想法可以將這五種不同的意義串聯出一完整的結構，方便記憶，只要我們記得「大樹」，其他樹枝便會在記憶中串起完整的意義系統。**坊間參考書、學校、或補習班的老師大多只強調以「字首、字根、字尾」的方法記憶單字，但是他們卻忽略了英文「一字多義」的特性，只記住某一意義，或許可以在某種狀況下順利理解，但是無法以此種意義解釋其他的狀況。如果硬要解釋的話，往往會「牛頭對不上馬嘴」！有鑑於此，若想解決英文一字多義的問題，必須得藉助「枝狀圖聯想法」才可以事半功倍。所以在此章節中特別選出常見的「中高階」單字，講授如何以「枝狀圖聯想法」KO 英文一字多義。**

1. fine (adj.) 美好 / (v.) 罰錢

枝狀圖聯想法

Everything is **fine** in Singapore.

新加坡的**美好**皆是靠**罰錢**而來的。

Note：此句是「雙關語」，新加坡的「美好」眾所皆知，而
新加坡嚴厲的「罰錢」制度也是享譽國際，因此將
兩者串聯起來，便可以秒殺 fine 的一字多義。

2. good (adj.) 好的 / goods (n.) 商品

1. Swimming is **good** for health.
   運動對健康是**好的**。

2. My aunt sold her household **goods** before they emigrated.
   姨媽在移民前把家庭**用品**先賣掉。

枝狀圖聯想法

賣掉**商品** (goods) 是件**好事** (good)。

3. pore (n.) 毛孔、氣孔; (v.) 注視 / 鑽研 / 沉思

1. There are some **pores** in the leaf.
   這片樹葉有一些**毛細孔**。

2. The little girl **pored at** the picture book in silence.
   小女孩默默地**凝視著**畫冊。

3. The scientists are committed to **poring over** the treatment of cancer.
   科學家致力於**鑽研**癌症的治療。

4. My mother **pored over** the problem that had troubled her.

母親**沉思**這個困擾她的問題。

枝狀圖聯想法

pore：「洞、孔」聯想到眼睛，以眼睛**注視** (pore at)、**鑽研** (pore over)、**沉思** (pore over) 某事。

4. porch (n.) 門廊 / 走廊 / 入口處 / 陽台

1. The couple waited in the **porch** until it stopped raining.
   這對夫妻在**門廊**等雨停。

2. The museum has a long **porch**.
   此間博物館有一道長長的**走廊**。

3. Audiences must buy tickets at the **porch**.
   觀眾必須在**入口處**買票。

4. The entrance of the house is at the **porch**.
   這房子的大門是在**陽台**。

枝狀圖聯想法

porch：「門廊」通「走廊」通「入口處」，通「陽台」。

5. mercury (n.) 水銀 / 溫度

1. **Mercury** is detrimental to health.
   水銀有害身體健康。

2. The **mercury** has dropped over the past days.
   最近這些日子**溫度**一直下降。

枝狀圖聯想法

mercury：「溫度」計裡有「水銀」。

6. spin-off (n.) 副產品 / 意外的收穫

1. Rain coats, a **spin-off**, are generated by the manufactory producing nylon.
   雨衣為這家尼龍製造商所生產的**副產品**。

2. Extra year-end bonus is really a **spin-off** from heaven.
   額外的年終獎金真是從天上掉下來的**意外收穫**。

枝狀圖聯想法

spin-off：「副產品」的產生真是「意外的收穫」。

7. buck (n.) 公鹿 / 錢； (v.) 強烈反對

1. **Bucks** is my favorite NBA team.
   公鹿隊是我最喜歡的 NBA 職籃隊。

2. Few people are reluctant to make a quick **buck**.
   幾乎沒有人不想容易賺**錢**。

3. In all societies, some people will, however authoritarian they may be, always try their hands at **bucking** the system.
   在所有的社會中，不管它們是多麼專制，總有一些人會嘗試**強烈反對**這個制度。

枝狀圖聯想法

buck：「強烈反對」花「錢」買「公鹿」。

8. array (v.) 配置（兵力）； (n.) 一系列 / 大量

1. The bilateral forces were **arrayed** in the battlefield.
   雙方的軍隊在戰場上**配置兵力**準備對戰。

2. The transnational bank is annoyed with an **array** of problems of subprime mortgage.

這家跨國大銀行為**一系列**的次級房貸的問題所困擾。

3. The warehouse stores an **array** of stocks.
倉庫堆著**大量**的存貨。

枝狀圖聯想法

array：「一系列」「大量」的兵力「配置」。

9. buildup (n.) 發展、增加 / 增強體格

1. If such a **buildup** continues, as many scientists predict, global surface temperatures will increase from approximately one to four degree Celsius.
倘若如此的**發展**持續下去，如同許多科學家的預測，全球地表的

溫度將會上升攝氏一到四度。

2. He goes to the gym for his **buildup**.
他去健身房為了**增強體格**。

枝狀圖聯想法

buildup：「發展、增加」健身房可以「增強體格」。

10. bulge (v.) 腫脹 / 增加

1. A ball hit him on the head, the hit part of which **bulged**.
球打到他的頭，然後頭部被打到的部位**腫脹**起來了。

2. The baby boom created a **bulge** in school enrollment.
嬰兒潮造成學校入學人數的**增加**。

枝狀圖聯想法

bulge：傷口「腫脹」「增加」疼痛。

11. compromise (n.) 妥協 / (v.) 洩露機密

1. The ultimate proposal was a **compromise** between the developers and the indigenous.
   最終的方案是開發者和當地人的相互**妥協**.

2. Malicious programming instructions attached to a file could impair your computer system or **compromise** your private data.
   依附在文件中的惡意編程指令可能會損害你的電腦系統或者**洩露**

   你私人的資料。

枝狀圖聯想法

compromise：「洩露機密」進而造成對方「妥協」。

12. slick (adj.) 熟練 / 靈巧 / 光滑 / 圓滑

1. My elder brother is a **slick** baker.
   我哥哥是一位技術**熟練的**麵包師傅。

2. Her hands are very **slick**.
   她的雙手非常**靈巧**。

3. The sidewalk was **slick** with ice.
   人行道上因為結冰，所以很**滑**。

4. She does not trust the **slick** salesmen at all.
   她一點也不信任那位**圓滑**的推銷員。

枝狀圖聯想法

slick：「光滑」形成「圓滑」，進而促成「熟練」、「靈巧」。

13. slit 裂縫 / 投幣口

1. The T-shirt has a **slit** on the back.
   這件圓領汗衫背部有一道**裂縫**。

2. Put the coin through the **slit** in the vending machine.
把硬幣從自動販賣機**投幣口**裡投進去。

枝狀圖聯想法

slit：「投幣口」是販賣機上的一條「裂縫」。

14. myth (n.) 神話 / 迷思 / 無根據的言論

1. The Greek **myths** lay the foundation of Western cultures.
希臘**神話**奠定西方文化的基礎。

2. We have had a **myth** that the wealthy are always happier than the ordinary.
我們一直以來都有一種**迷思**─富人總是比一般人快樂。

3. Many people believe the **myth** that nine of ten bald men are rich.
許多人相信「十個禿頭九個富」如此**沒有根據的言論**。

枝狀圖聯想法

myth：「神話」是一種「迷思」、「無根據的言論」。

15. potter (n.) 陶藝工 / (v.) 慢吞吞地做事

1. Every **potter** praises his own pot.
每位**陶藝工**都會稱讚自己所做的壺好 （老王賣瓜自賣自誇）。

2. The boy always **potters** over his homework.
那男孩總是**慢吞吞地做**他的家庭作業。

枝狀圖聯想法

potter：「陶藝工」「慢吞吞地做事」。

16. trek (n.) (v.) 艱苦跋涉 / 緩慢地行進

1. My boots were worn out by our long **trek** in the mountain.
   我的靴子因為我們在山中**艱苦跋涉**而受損。

2. Our car **trekked** in the traffic jam.
   我們的車子在塞車中**緩慢地行進**。

枝狀圖聯想法

trek 聯想到「truck」卡車「艱苦跋涉」,「緩慢地行進」。

17. slate (n.) 石板 / 候選人名單 / (行為、事件等) 紀錄

1. The mountain area has been mined for **slate** for centuries.
   這個地區開採**石板**已有數百年了。

2. The actor has been listed on the **slate** for the best actor of the year.
   這位男演員的名字出現在年度最佳男演員的**候選人名單**上

3. After a long bicker, they determined to wipe the **slate** clean and be friends again.
   他們經過長期爭吵後,最後決定不計前嫌(擦掉不好的**紀錄**),

   言歸於好。

枝狀圖聯想法

slate:「候選人名單」、「紀錄」寫在「石板」上。

18. plate (n.) 大盤子 / 門牌 / 車牌 / 投手板 / 本壘板

1. There is no **plate** on the door of the house.
   這個房子沒有**門牌**。

2. According to the information from the police, the **plate** of the car belongs to that of the stolen car.
根據警方提供的資料，這輛車的車牌是贓車的**車牌**。

3. The pitcher cleaned up the surroundings of the **plate**.
投手整理了一下**投手板**的周遭。

4. The catcher used his body to protect the home **plate** from the runner to slide and touch it.
捕手用身體擋住**本壘板**不讓跑者滑壘得分。

5. The beggar soon finished the food on the **plate**.
那乞丐很快把**大盤子**裡的食物吃光了。

枝狀圖聯想法

plate：「門牌」、「車牌」、「投手板」、「本壘板」像「大
盤子」一樣。

19. barrier (n.) 障礙 / 剪票口 / 海關出入口

1. The police put up **barriers** to control the demonstration crowd.
警方設置**障礙物**，藉以控制示威人群。

2. The young woman was stopped at the **barrier** in that she forgot to show her ticket.
那位年輕的女人在**剪票口**被攔住了，因為她忘記出示車票。

3. Every passenger must show his / her passport to the officials of the Customs at the **barrier**.
每位乘客必須在**海關出入口**出示他 / 她的護照。

枝狀圖聯想法

barrier：「海關出入口」就像是「剪票口」，形成「障礙」，
不讓人自由進出。

145

20. bondage (n.) 束縛 / 奴隸

1. Automation has released workers from the **bondage** of mindless and repetitive toil.
   自動化把工人從簡單刻板、重複的苦役**束縛**中解放出來。

2. A drunkard is in **bondage** to alcohol.
   酒鬼是酒的**奴隸**。

枝狀圖聯想法

bondage：「奴隸」是一種「束縛」。

21. layout (n.) 安排 / 設計 / 布局

1. The **layout** of the assembly line in a straight line aims to elevate the output.
   以直線**安排**的生產線，目的在於提升產量。

2. Accurate workmanship counts on accurate measurement and **layout** work.
   精確的產品依賴於精確的測量和**設計**。

3. The manufactory's **layout** is devised for maximum efficiency
   這家製造廠的**布局**可以提升最大產能。

枝狀圖聯想法

layout：「布局」是一種「安排」、「設計」。

22. remedy (n.) 治療 / 補救 / 藥物

1. A good night's sleep is the optimal **remedy** for your fatigue.
   一夜好眠是消除疲勞的最好**治療**。

2. The manager remains committed to finding out a

remedy for that.

經理對於那件事情仍持續致力於找出**補救**方法。

3. The scientists are researching and developing a new **remedy** for cancer.

科學家正在研發一種抗癌新**藥物**。

枝狀圖聯想法

remedy：「藥物」「治療」是一種「補救」措施。

23. tremor (n.) 顫抖 / 興奮 / 激動

1. The plane crash was so terrible that it sent **tremors** down my spine.

這次空難事件太過恐怖了！使我身體**顫抖**不已（不寒而慄）。

2. By dint of winning the lottery, the worker could not hide a **tremor** in his voice.

那名工人因為中了樂透，無法掩蓋住**興奮**的聲音。

3. After defeating the strong rival, the tennis player could not hide his **tremors** on his face.

那名網球選手在擊敗強敵之後，無法掩藏他臉上**激動**的表情。

枝狀圖聯想法

tremor 聯想到「搥門」；「搥門」造成情緒「激動」、「興奮」，身體「顫抖」。

24. tread (v.) 踩 / 踐踏 / 踩躪

1. He unwarily **trod** upon a sleeping dog just before his feet.

他不小心**踩**到他腳前正在熟睡的狗。

2. The mischievous boy is **treading** the lawn.

頑皮的男孩正在**踐踏**草坪。

3. Those tenant-farmers were **trodden** by the landlord.
那些佃農遭受到大地主的**蹂躪**。

＊三態： tread → trod → trodden

枝狀圖聯想法

tread 聯想 t「踢」人 read「讀書」，由「踢」聯想到「踩」、「踐踏」、「蹂躪」。

25. trifle (n.) 瑣碎的事情； (v.) 浪費 / 小看

1. Any **trifle** could turn out the last straw sparking off incredible repercussions on the monetary market.
任何**瑣碎的事情**都可能在金融市場掀起軒然大波。

2. She used to **trifle**, and thus she now has no achievement at all.
她以前**浪費時間**，如今一事無成。

3. The customer is a VIP, not a person to be **trifled** with.
不能**小看**這位顧客，他可是 VIP 啊！

枝狀圖聯想法

trifle：不要「小看」，「浪費」時間，做「瑣碎的事情」。

26. artery (n.) 動脈 / 幹道

1. Impediment of an **artery** to the brain may trigger stroke.
腦部**動脈**阻塞可能會引起中風。

2. The river serves as a core **artery** of the adjacent areas.
這條河是附近區域的主要**幹道**。

枝狀圖聯想法

artery：「動脈」是心臟的主要「幹道」。

27. bulk (n.) 體積、容積；(adj.) 大量的 / bulky (adj.) 龐大的

1. The woman lifted her huge **bulk** from the chair.
   那位**體積**龐大的女人從椅子上站了起來。

2. The sales clerk is saddled with **bulk** work.
   這位售貨員承擔了**大量的**工作量。

3. Some ships are devised to carry **bulky** transportation means.
   有些船經過設計後用來裝載**龐大的**交通工具。

枝狀圖聯想法

bulk：「大量的」「體積、容積」，太過 bulky「龐大的」。

28. mortal (adj.) 會死的 / 凡人的 / 不共戴天的 / 極度的

1. All creatures living on the planet are **mortal**.
   所有生活在地球上的生物都**會死的**。

2. It's beyond **mortal** power to live permanently.
   凡人不能長生不死。

3. Yankees is Red Socks' **mortal** enemy.
   洋基隊是紅襪隊**不共戴天之仇的**敵人（死對頭）。

4. The little girl lives in **mortal** terror of her father's wrath.
   這位小女孩**極度**害怕她爸爸的壞脾氣。

枝狀圖聯想法

mortal：「凡人」、「會死的」，此乃是「極度」「不共戴天的」。

29. invalid (n.) 病人；(adj.) 無用（效）的 / 體弱多病的

1. Owing to the lack of nurses, these **invalids** acquired insufficient care.
   這些**病人**由於護士荒無法得到妥善的照顧。

2. Whatever statute counters against the constitution, it is **invalid**.
   無論任何法令規章與憲法有所抵觸，它即是**無效的**。

3. His **invalid** body does not allow him to go out to work.
   他**體弱多病的**身體無法允許他外出工作。

枝狀圖聯想法

invalid：「體弱多病的」「病人」是「無用（效）的」。

30. bracket (n.) 括弧；(v.) 相提並論 + with / 排除 + off

1. The statements in the **brackets** are the events in his childhood.
   括弧內的陳述是描述他小時候的事情。

2. His parents like to **bracket** John with his brother.
   他的父母親喜歡將約翰與他的兄弟**相提並論**。

3. The committee is sure to **bracket off** the issue.
   委員會確定**排除**此項議題。

枝狀圖聯想法

bracket：用「括弧」括起來，「相提並論 + with」或「排除 + off」。

31. intrinsic (adj.) 本質的 / 內在的 / 固有的

1. Everyone has a natural and **intrinsic** talent and skill.
   人人具有天生**本質的**天賦與才能。

2. A person's **intrinsic** character forms in childhood.
人的**內在**性格是在孩童時代形成的。

3. The phenomenon of inflation is **intrinsic** to the slack economy.
通貨膨脹是經濟不景氣的**固有**現象。

枝狀圖聯想法

intrinsic：「本質」屬於「內在的」、「固有的」。

32. pledge (n.) 誓言；(v.) 宣誓

1. The president violated his preelection **pledge**.
總統違反他選前的**誓言（承諾）**。

2. The billionaire **pledged** to give over half of his fortune to charities.
這位億萬富翁**宣誓**將捐出他財產的一半以上給慈善機關。

枝狀圖聯想法

pledge：「宣誓」「誓言」。

33. shutter (n.) 百葉窗 / 照相機的快門

1. All the houses in the community put **shutters** on all the windows
這社區所有房子的窗戶皆裝上了**百葉窗**。

2. Her father pressed the **shutter** when the little girl smiled.
小女孩微笑時，她爸爸按下**照相機的快門**。

枝狀圖聯想法

shutter：「照相機的快門」像似「百葉窗」。

34. doorway (n.) 門口 / 途徑

1. A group of children are playing in the **doorway** of his house.
   一群小孩在他家**門口**玩耍。

2. Appropriate diet and lifestyle serves as a **doorway** to good health.
   適當的飲食與生活型態是通往身體健康的**途徑**。

> **枝狀圖聯想法**

doorway：通往「門口」的「途徑」。

35. tug of war (n.) 拔河比賽 / 激烈競爭 / 拉鋸戰

1. The **tug of war** will take place next week.
   下禮拜將舉行**拔河比賽**。

2. An increasing **tug of war** exists between Apple and Samsung.
   蘋果與三星之間存在著越來越**激烈的競爭**。

3. There seems a **tug of war** between the two candidates.
   這兩位候選人呈現出**拉鋸戰**的態勢。

> **枝狀圖聯想法**

tug of war：「拔河比賽」是一種「激烈競爭」的「拉鋸戰」。

36. breeder (n.) 飼養者 / 起因、來源

1. Many bee **breeders** have been worried about the drastic climate change, which will abate the output of honeybee.
   許多蜜蜂**飼養者**長久以來一直擔心劇烈的氣候改變會減少蜂蜜的產量。

2. Drug abuse is the **breeder** of her death.
   濫用藥物是她死亡的**起因**。

枝狀圖聯想法

breeder：「飼養者」是動植物活命的「起因、來源」。

37. brew (v.) 釀酒 /「醞釀、策劃」

1. Beer is **brewed** from wheat.
   啤酒是由小麥所**釀**成的。

2. The opposition party is **brewing** a large-scale demonstration.
   反對黨正**醞釀（策劃）**大規模的抗議示威。

枝狀圖聯想法

brew：「釀酒」需要「醞釀、策劃」。

38. compact (n.) 合約 / (v.) 壓縮 / (adj.) 簡潔的

1. The agency made a **compact** with the company to distribute its cosmetics.
   代理商與這家公司簽定**合約**經銷該公司的化妝品。

2. Mother **compacted** my clothes in a baggage.
   媽媽**壓縮**我的衣服放在行李箱裡。

3. The novelist is earmarked by her **compact** writing style.
   小說家以她的**簡潔的**寫作風格著稱。

枝狀圖聯想法

compact：「壓縮」成「簡潔的」「合約」。

39 provide (v.) 提供 / 撫養 / 規定

1. The hotel **provides** its guests with laundry-doing service.
   這家飯店**提供**顧客洗衣的服務。

2. The parents in modern society have to earn more money to **provide** for their children.
   現代社會的父母親必須賺更多的錢**撫養**他們的小孩。

3. The law **provides** that the law enforcement authorities do not raid one's house without a warrant.
   法律**規定**執法當局無搜索令時不可擅自搜索人民的房子。

枝狀圖聯想法

provide:「提供」「撫養」的「規定」。

40. field (n.) 田地 / 原野 / 專業領域

1. My grandparents, when young, used to work in the **fields**.
   祖父母年輕時經常在**田地**裡工作。

2. Kids all anticipate the **field** trip.
   孩子們都期待此次的**原野**（校外）旅行。

3. The company recruits those who are proficient in the **field** of accounting.
   這家公司招募具有會計**專業領域**的人才。

枝狀圖聯想法

field:「田地」、「原野」的耕種是一項「專業領域」。

41. course (n.) 課程 / 路線、方向 / 方（作）法 / 一道菜

1. I take some **courses** of electronics this semester.
   我這學期選了一些電子學的**課程**。

2. The **course** of the ship was straight to the northeast.
   這艘船一直朝東北**方向**行駛。

3. The only sensible **course** to the financial crisis lies in increasing income and decreasing expenditure.
   面對財務危機的唯一明智的**作法**在於開源節流。

4. She prepares several **courses** for us.
   她為我們準備**幾道菜**。

枝狀圖聯想法

course：「一道菜」的「作法」需要「課程」來指引「方向」。

42. remain (v.) 保持 / 剩下 / 繼續存在 / 尚待

1. The little boy **remained** silent in the banquet.
   小男孩在宴會上**保持**沉默不語。

2. Some decrepit furniture **remained** in the deserted house.
   在這廢棄的屋子裡只**剩下**一些破舊的家具。

3. The old tree **remains** in the community.
   這棵老樹**繼續存在**於此社區。

4. The intractable conflict **remains** to be settled.
   這個棘手的紛爭**尚待**解決。

枝狀圖聯想法

remain：「剩下的」遺跡「尚待」「保持」才能「繼續存在」。

43. carrier (n.) 搬運工 / 貨運公司 /（美）郵差 (= postman) / 航空母艦 / 帶原者

1. Many **carriers** work in the wharf.
   許多**搬運工**在碼頭上工作。

2. The **carrier** is well-known for its punctual delivery.
   這家**貨運公司**以準時送達著稱。

3. She applied for the job as a **carrier**.
   她應徵了當**郵差**的工作。

4. The fighter took off from the aircraft **carrier**.
   戰鬥機從**航空母艦**上起飛。

5. Migratory birds are the **carrier** of avian flu.
   候鳥是禽流感的**帶原者**。

枝狀圖聯想法

carrier：「郵差」是「貨運公司」的「搬運工」，搭上「航空母艦」碰見「帶原者」。

44. value (n.) 價值 / 重要性 / (v.) 重視 / 估計

1. The **value** of Euro keeps falling.
   歐元的貨幣**價值**一直在貶值。

2. Smartphones are of considerable **value** to sales representatives.
   智慧型手機對於業務代表具有相當的**重要性**。

3. The young generation does not **value** traditional cultures.
   年輕世代不**重視**傳統文化。

4. The antique collector **valued** the ancient vase at $1000,000.

這位古董收藏家**估計**這花瓶值一百萬美元。

枝狀圖聯想法

value：「重視」「價值」「估計」的「重要性」。

45. sensation (n.) 感覺／轟動（人事物）

1. The contagious disease causes a loss of **sensation** in the limbs.

此種傳染病會使四肢失去**感覺**。

2. The suicide of the pop singer made a considerable **sensation** in society.

這位流行歌手的自殺在社會上引起**轟動**。

枝狀圖聯想法

sensation：憑「感覺」做出「轟動」的事。

46. position (n.) 位置／地位／狀況／立場／職位

1. The **position** of the kitchen was placed in the other side of the house.

廚房的**位置**已經移到了房子的另一邊。

2. A doctor has a high **position** in society.

醫生的社會**地位**很高。

3. The **position** of the underprivileged class is worsening with the sluggish economy.

弱勢族群的**狀況**隨著經濟不景氣每況愈下。

4. The candidate's **position** toward euthanasia is still ambiguous.

這位候選人對於安樂死的**立場**仍然是曖昧不清的。

5. The **position** of the marketing manager in the company remains vacant.
公司行銷經理的**職位**仍然空著。

【 枝狀圖聯想法 】

position：「職位」可以顯示人的「地位」、「位置」、「立場」 與「狀況」。

47. reception (n.) 接待 / 歡迎會 / （電視、資訊） 接收

1. The trophy baseball team had an enthusiastic **reception** when returning home.
奪冠的棒球隊回國時受到熱烈的**接待**。

2. Our company held a **reception** for recruits.
我們公司為新進人員舉辦**歡迎會**。

3. Television **reception** of remote areas needs improving.
偏遠地區電視訊號的**接收**需要改善。

【 枝狀圖聯想法 】

reception：他「接收」「歡迎會」的「接待」。

48. publicity (n.) 知名度、名聲 / 宣傳 / 公開場合

1. Quite a few actors attempt to gain **publicity** through the manipulation of amorous affairs.
許多演員企圖藉由緋聞的炒作來增加**知名度**。

2. The cosmetics company launched a campaign of **publicity** for its new products.
這家化妝品公司為它的新產品大作**宣傳**。

3. They kissed each other in the **publicity** of the streets.
他們在街上的**公開場合**當眾親吻。

枝狀圖聯想法

publicity：在「公開場合」「宣傳」「知名度」。

49. process (n.) 過程 / (v.) 加工 / 處理

1. The **process** of litigation (lawsuit) is quite complicated and time-consuming.
整個訴訟**過程**相當複雜與耗時。

2. The **processed** foods can extend their expiration date.
經過**加工**的食品可以延長保存期限。

3. The film is being **processed** by computer.
底片正在以電腦**處理**中。

枝狀圖聯想法

process：「過程」經過「加工」「處理」。

50. present (adj.) 出席的 / 現在的；(n.) 禮物、贈品；(v) 贈送 / 顯（呈）現

1. Quite a few audiences are **present** at the premiere.
相當多的觀眾**出席**首映會。

2. The **present** situation of our country is in jeopardy.
我們國家**現在的**情況相當危險。

3. Everyone in the party can receive a small **present**.
舞會裡的每一個人都可以收到一份小**禮物**。

4. The president **presented** all graduates a notebook.
校長**贈送**所有畢業生一本筆記本。

5. Frequent bickers **present** the relationship of the couple is deteriorating.

經常性的爭吵**顯現**這對夫妻的關係正在惡化中。

枝狀圖聯想法

present：「贈送」「禮物」給「現在」「出席」的人才能「顯現」我們的大方。

第三篇

閱讀篇

CHAPTER THREE

① 你所知道的閱讀方法 都是錯的

　　曾經有一位學生，雖然行動不便，但憑藉著努力與毅力，克服重重障礙遠赴美國留學，一圓自己的留學夢。

　　她剛去美國時寫了一張明信片給我，說她在美國一切安好，只不過課業壓力大，閱讀量要比她在國內就讀英文系時多很多。有一天，我接到她的 e-mail，信上說因為她無法承受課業壓力，已經休學返國。

　　後來，她身體好轉之後，和我聊了當時在美國求學的情況。她說自己每個禮拜至少須看完三本書，並且寫報告。

　　我接著問：「妳是不是像一般學生一樣，不會的單字查翻譯機，使用極細的鋼珠筆，像雕刻一樣刻在行距之間，整本書寫得密密麻麻，外加便利貼寫上重點？」

　　她反問我，從小到大她都是這麼做，其他的同學也是如此；她在學校的英文成績一直是班上前十名，英文始終都是她拿手的科目。

　　我回應說：「這樣的方法若應付每週只要閱讀幾頁的閱讀量，那是 OK 的，但是要應付一週三本書以上，這種閱讀方法，在妳還沒取得學位之前，就會先累死自己，至少也會把身體弄壞。」

　　於是，我舉一個學弟的例子，來證明這種閱讀方法是錯的！我在讀博士班的時候，修了一堂博 / 碩士班共同開授的課程，其中只有一個碩士班的學弟選修此課程。

　　老師是外國人，所以該課程每週至少讀一本書，上課時大家互相討論。但是不到期中，這位學弟就一直曠課沒來，從老師口中才知道，他得了猛爆性肝炎住院。我和其他同學一起去醫院探視他，發現他因為每天熬夜讀書、寫論文，把身體搞壞了，差一點還賠上性命！

　　於是，我詢問他的讀書方法，才知道他已經讀到一級國立大學的碩士班，英文閱讀方式還是屬於上述的「土法煉鋼法」，因此他必須花很多時間才能把書唸完，成效不彰。上課時我也發現他對書本上的內容不甚了解，他的課本也是寫得密密麻麻的，到處用螢光筆畫線，簡直成了 rainbow pages（彩虹頁）。

　　等他出院後，我就找個時間介紹一種「快、狠、準」的閱讀方法給他，他照著這樣的方式去讀，最後如願拿到碩士學位。同樣地，我也傳授此套方法給那位女學生，最後她也重回美國順利取得學位。

　　從高中時代開始，我便利用寒暑假打工，大一時在補習班擔任輔導老師，必須上台講解考題；大三時正式在全國最大的升高中補習班任教。讀碩士班與博士班時，我除了課業之外，還必須盡到奉養父母、養育子女的責任，同時在學校與補習班任教，雖然生活忙碌，最後還是順利取得學位，事業、家庭、健康都兼顧到，這都是憑藉著我獨特的「快、狠、準英文閱讀法」，讓我在課業上事半功倍。

史上最強「快、狠、準英文閱讀法」

　　若要學習此套閱讀法則，必須拋棄固有的「土法煉鋼法」—字字閱讀，緊抓著翻譯機不放。

　　英文的寫作模式不同於中文寫作「作文如行雲流水」，它

是屬於「直線性」邏輯模式，如同 iPhone 與 iPad 直線性發展一樣。

英文寫作模式通常第一段稱為「主題論述」(thesis statement)，須在第一段告知讀者整篇文章的「主旨大意」。第二段起稱為「支撐細節」(supporting details)，列舉幾個「討論點」詳細舉例說明，一段只能討論一個主題，不能同時在一段文章中討論好幾個主題。最後一段稱為「結論」(conclusion)，對整篇文章做摘要陳述、建議，或者提出可能性的解決辦法。每一個段落的發展也是如法炮製，第一句話通常是「主題句」(topic sentence)，以下為發展主題句的「細節說明」，最後一句為「結尾句」(concluding sentence)。因應這樣的結構，我創造出一套「金、銀、銅、鐵法」閱讀法則：

金 （最重要）：文章第一段；每段第一句（短段落）；每段前三句 （長段落）。
銀 （次重要）： 最後一段；每段最後一句（短段落）；每段後三句 （長段落）。
銅、鐵 （比較不重要）：中間擴充詳述的段落或細節說明。

除了「金、銀、銅、鐵法」外，閱讀時畫關鍵字也是重要的一環。求學階段，幾乎每位英文老師都會跟同學說閱讀時須畫關鍵字，但是沒有一位英文老師會很明確地跟同學說到底哪些字才是關鍵字，學生因此亂畫一通。

有位知名的英文系教授甚至說：「閱讀時關鍵字是隨機取樣」，這樣的說法真是讓我無法理解與接受，到頭來還是只能任由學生自行亂畫關鍵字。

畫關鍵字可讓我們迅速了解文章內容的意義，如果無法因此掌握該篇或該段文章的要義，也失去了其作用。

舉個例子：To generate new demand, the maturing IT industry keeps creating new buzzwords, often with celestial connotations ("cyberspace", "blogosphere"), which suggest some kind of technological nirvana.

此句話中的 buzzwords、celestial connotations、nirvana 不懂的話，任你再怎麼「隨機閱讀」也無濟於事。我們可以試著翻譯這一句話，如果跳過這些字後，是否閱讀時真的可以只要「隨機取樣關鍵字」即可：

「持續成長的資訊科技產業，為了創造新的需求，進而創造出新的 ＿＿＿，通常帶有 ＿＿＿（部落格空間、網路空間），那意謂著科技的某種 ＿＿＿。」

少了這些空格的字，其他的字即使你懂，也無法了解這句話的主要涵義。若是我們將這些空格的字補足：

- buzzword　　(n.)　行話、專業術語
- celestial　　(adj.) 天國的（在此指虛幻的）
- connotations　(n.)　言外之意
- nirvana　　(n.)　西方極樂世界（在此指虛擬空間）

此句話的意義就會完整：「持續成長的資訊科技產業，為了創造新的需求，進而創造出新的 專業術語 ，通常帶有 虛幻的涵義 （部落格空間、網路空間），那意謂著科技的某種 虛擬空間 。」

根據我自己的閱讀與教學經驗，我領悟出畫關鍵字的要領，英文共有八大詞類，並非個個具有決定性的意義，**只有**

165

「名詞」、「形容詞」、「動詞」可以決定文章的實質內容，我稱這種「掌握關鍵字的方法」為「**3 詞 KO 法**」，其他詞類只是輔助性的角色，在閱讀時不去理解它們，其實也無損對文章的理解。

　　在這三種詞類當中，「名詞」是關鍵中的關鍵。很多人，包括專業的英文老師甚至知名英文教授認為「動詞」是最重要的詞類。就文法上而言，動詞是最重要的；但是就閱讀而言，「名詞」是最重要的，若無法掌握「關鍵的名詞」即無法掌握主要涵義。如同上述例子所呈現出，四個關鍵字中有三個是名詞 (buzzword, connotation, nirvana)，一個是形容詞 (celestial)。再者，你會發現新的詞彙九成以上是名詞，如 the Internet 網路、smartphone 智慧型手機、tablet computer 平板電腦、blogosphere 部落格、cyberspace 網路空間、global financial tsunami 全球金融海嘯、computeracy 電腦知識。**所以，應用「金、銀、銅、鐵法」與「3 詞 KO 法」來閱讀英文文章，便可以事半功倍。**

　　如何應用「金、銀、銅、鐵法」與「3 詞 KO 法」，在此，我以民國 101 年大學指考閱讀測驗第三篇第二段為例：

With its **fast-growing popularity worldwide**, the **game** and **its characters—angry birds** and **their enemy pigs**—have been referenced in **television programs** throughout the **world**. The Israeli comedy A Wonderful Country, one of the nation's most popular TV programs, satirized recent failed Israeli-Palestinian peace attempts by featuring the Angry Birds in peace negotiations with the pigs. Clips of the segment went viral, getting viewers from all around the world. American television hosts Conan O'Brien, Jon Stewart, and Daniel Tosh have referenced the game in comedy sketches on their respective series, Conan, The Daily Show, and Tosh.0. Some of the game's more **notable fans** include **Prime Minister** David Cameron of the **United Kingdom**, who plays the iPad version of the game, and **author Salman Rushdie**, who is believed to be "something of a master at Angry Birds."

金：前1（第一句）：以「3詞KO法」掃描名詞、形容詞、動詞。

With its **fast-growing popularity worldwide**, the **game** and its **characters—angry birds** and **their enemy pigs**—have been referenced in **television programs** throughout the **world**.

以「3詞 KO 法」得出的大意：憤怒鳥與敵人小豬隨著在全球快速地受到歡迎，已在全球電視節目中形成一股風潮。

銀：後1（最後一句）：以「3詞KO法」掃描名詞、形容詞、動詞。

Some of the game's more **notable fans** include **Prime Minister** David Cameron of the **United Kingdom**, who plays the iPad version of the game, and **author** Salman **Rushdie**, who is believed to be "something of a master at Angry Birds."

以「3詞 KO 法」得出的大意：憤怒鳥的知名粉絲，包括

現任英國首相與作家魯西迪。

整段大意：憤怒鳥與敵人小豬隨著在全球快速地受到歡迎，已在全球電視節目中形成一股風潮。憤怒鳥的知名粉絲，包括現任英國首相與作家魯西迪。

銅、鐵：中間擴充詳述的細節。
以色列的喜劇以憤怒鳥的情節嘲諷「以色列／巴勒斯坦」和平談判的破裂，而且美國知名電視主持人在節目中也相繼提到憤怒鳥。

如上述的例子可以得知，閱讀時先掌握「金、銀」（第一句與最後一句），再輔以「3 詞 KO 法」便可以迅速掌握大綱；得知大綱後，再看「銅、鐵」（中間擴充詳述的細節），可以對整段文章進一步地了解。若時間有限的話，可以只看「金、銀」不看「銅、鐵」。

② 秒殺《經濟學人》

英國《經濟學人》(The Economist) 雜誌創刊於 1843 年的維多利亞女皇時代 (1837—1901)；同一年，狄更斯 (Charles Dickens) 出版了《小氣財神》(*Christmas Carol*)，比德國哲學家尼采 (Nietzsche) 的出生早一年，迄今已有一百七十年之久，和現在著名的雜誌《時代雜誌》(TIME，1923)，《新聞週刊》(Newsweek，1933)，《美國新聞與世界報導》(US News & World Report，1948)，《讀者文摘》(Reader's Digest，1922) 齊名。它以週刊形式出版，但是將自己定位為報紙，除了報導政經、科技、藝術與書評，也包括一週全球重要大事。有別於美國雜誌所提供的美國世界觀，《經濟學人》以歐陸的觀點提供世人另一觀點看世界，因此《紐約時報》(New York Times) 讚譽為「時事聖經」。

創刊迄今，《經濟學人》的讀者群以受過高等教育為主，如華爾街的商業人士、學者，以及對世界有巨大影響力的政治人物與企業家。因此，閱讀《經濟學人》的門檻頗高，以下是《經濟學人》文章的特色：

一、難懂的 headline （標題）

例 1：Ma the bumbler：A former heart-throb loses his shine
失去民心的馬英九：昔日萬人迷如今光環不再

Note：
1.bumbler 　[`bʌmblə] 　(n.) 把事情搞砸的人、做錯事
　　　　　　　　　　　　　的人、失敗者
2.heart-throb [`hɑrt͵θrɑb] (n.) 心悸、心跳；令人心動的
　　　　　　　　　　　　　人；情人

　　此標題中最關鍵的字是 "bumbler"，原本意思為「失敗者、
把事情搞砸的人」。根據整篇文章，它強調文章中的「主人翁」
如同次標題一樣「昔日讓人民耳目一新，讓人民有所期待」，
但是隨著全球經濟惡化的情況越演越烈，再加上容易因為反對
或媒體的批判「朝令夕改」，改變施政方針，種種不當的措施
凸顯出他的「優柔寡斷」("Worse, he frequently tweaks policies
in response to opposition or media criticism. It suggests
indecisiveness.")，因此台灣人民似乎有所共識，認為「馬總統」
是沒有效率的執政「失敗者」("The country appears to agree
on one thing: Mr. Ma is an ineffectual bumbler.")。在此，我把 "
Ma the bumbler" 譯成「失去民心的馬英九」更能符合此篇文
章的內容，也與次標題「昔日萬人迷如今光環不再」更為貼切。

例2：Japan's post-quake economy
　　　Casting about for a future
　　　The Japanese economy is recovering faster than
　　　expected from disaster. Can broader reform come
　　　quickly too?
　　　日本震後經濟
　　　卯足全力創造未來

災後，日本以意想不到的速度恢復經濟實力，而多方性的改革也會迅速來臨嗎？

Note：

1.post-quake [post kwek] (adj.)　　地震後的
2.cast about　　　　　　　(v.)　　　到處尋找；設法

　　casting about 原意為「到處尋找解決的方法」，搭配 for a future 時，意謂著「311 大地震後的日本卯足全力創造未來，並且致力於進行多方面的改革」。

例 3：Chained but untamed
The world's banking industry faces massive upheaval as post-crisis reforms start to bite. They may make it only a little safer but much less profitable, says Jonathan Rosenthal.
層層管制下的自由經濟
全球銀行業隨著後金融海嘯危機改革的反蝕，而面臨巨大的挑戰。喬納森・羅森塔爾說：「銀行業正面臨低獲利、低安全性的困境。」

Note：

1.chained　　　　　[tʃend]　　　(adj.)　用鎖鏈住的
2.untamed　　　　　[ʌn`temd]　(adj.)　未被馴服的
3.massive upheaval　　　　　　　(n.)　　巨大的變動
4.start to bite　　　　　　　　　(v.)　　反咬一口

chained but untamed 意謂著「全球經濟體系受到更嚴格的規範，像鏈條一樣鎖住，但是，還是給予一定的自由空間」，而且對金融危機實施的一連串經濟改革也出現「反蝕」(start to bite) 的現象。

例 4：Europe's debt saga

Every which way but solved

A bail-out strategy as bankrupt as Greece should be ditched

It probably won't be

歐洲債務特寫

尚待解決的燙手山芋：剪不斷、理還亂的歐洲債務問題

紓困方案理應放棄，如同放棄債台高築的希臘一樣

但也許另有轉機

Note：

1. saga [`sɑɡə](n.)傳說；英雄事蹟；長篇故事；在此引申為「特寫」，意指歐盟金援財務危機的會員國是一項「英雄事蹟」，也就是說一種「冒險的行為」、「不會馬上結束的長篇故事」。

2. Every which way but ～ = Any which way you can ～ 任何可以解決的方法～。

3. ditch [dɪtʃ](n.)壕（水）溝；(v.) 挖壕溝；拋（放）棄，在此指「拋棄、放棄」。

4. bail out (v.)；bailout (n.)紓困。

　　此標題甚難，如果無法合理將 "saga" 與歐洲債務相整合

的話，便會看不懂底下的主標題與次標題。解決歐洲債務的問題猶如「長篇的英雄冒險故事」一樣，必得經歷重重風險與危險，尋找可以解決的方法，但是往往越陷越深時，才發現「剪不斷，理還亂」，因此是否放棄「紓困案」與「債台高築的希臘」便成為一項「棄車保帥」的原則，但是此項原則似乎有轉圜餘地。

例 5：HTC's patent troubles

　　　Android alert

　　　HTC 陷入侵犯專利的麻煩

　　　無疑是對使用安卓系統陣營的一項警訊

Note:

1.patent　[`pætnt]　(n.)　專利

2.alert　　[ə`lɝt]　(n.)　警訊（告）

　　本篇標題取材自 2011 年 7 月 20 日的文章，《經濟學人》早已在 2011 年預測到蘋果與 HTC 的專利訴訟中，會引起一連串的「漣漪效應」，2012 年對韓國三星也進行專利的訴訟。次標題更預告「蘋果的專利訴訟案的目的，是在於使用 Android 的手機陣營背後的 Google」。2012 年蘋果的專利訴訟案件的陸續發展也印證《經濟學人》的揣測。

例 6：IBM's centenary

　　　The test of time

　　　Which of today's technology giants might still be standing tall a century after their founding?

IBM 的百年傳奇

禁得起時間的考驗

當今科技群雄，誰能在百年後屹立不搖？

IBM 成立於 1911 年，迄今已有一百年以上的歷史，可見它禁得起時間的考驗，從標題上可以看出《經濟學人》將在文章中分析並且預測，哪些科技大廠可以在一百年後屹立不搖。

例 7：Apple and Samsung's symbiotic relationship
Slicing an Apple
How much of an iPhone is made by Samsung?
蘋果與三星共生共存的關係
剖析蘋果手機零組件的供應商
蘋果 iPhone 手機到底有多少的零組件是由三星製造供應？

本標題取材自 2011 年 8 月 10 日的文章，從主標題可以看出蘋果與三星「共生共存」的關係，雖然彼此競爭但又互相合作。次標題更進一步剖析蘋果手機零組件的供應商，iPhone 手機到底有多少的零組件是由三星製造供應。文中指出，iPhone 有 26% 重要的零組件來自於三星，從本標題可知道蘋果頗為依賴三星。2011 年 4 月起，蘋果對於三星進行專利侵權的訴訟，2012 年越演越烈，也傳出蘋果會逐步放棄使用三星的零組件，轉而與其他廠商合作。《經濟學人》在 2011 年指出，蘋果與三星之間雖然有專利侵權訴訟案件，但是彼此互助互利的關係依舊存在。

例 8： The risk of rogue tinkering

It seems probable that a recent bit of atmospheric tinkering is the first of many unilateral geoengineering gambits.

粗魯、拙劣地修補地球大氣層所產生的風險

最近對大氣層所做的拙劣修補工程，似乎有可能演變成許多單方面、一廂情願的地球改造工程補救措施的第一著險棋。

Note：

1. rogue   [rog]   (n.)   流氓、惡棍
2. tinkering   [ˋtɪŋkərɪŋ]   (n.)   粗劣地修補
3. unilateral   [ˌjunɪˋlætərəl]   (adj.) 單方面的
4. geoengineering [ˌdʒɪəʊɛndʒɪˋnɪərɪŋ] (n.)   地球改造工程
5. gambit   [ˋgæmbɪt]   (n.)   （國際象棋）為取得優勝而犧牲一子或數子的第一著棋

　　本標題不易從字面上理解，rogue 原意為「流氓、惡棍」，在此與 tinkering（拙劣地修補）搭配時，會形成 rogue 本身字義的延伸，進而形成「意象化」：「像流氓般地粗魯、拙劣地修補地球大氣層」。unilateral 原意為「單一方面的」，在此延伸意義為「單方面一廂情願的」。gambit 原意為在棋賽當中的讓棋，所以 "the first of many unilateral geoengineering gambits" 意謂「為了改造地球所做的片面、一廂情願的補救措施，可能補了東牆破了西牆，就像是在下棋中為了得勝而犧牲一子或數子，到頭來得不償失，最後可能演變成許多相關補救

措施的第一著險棋」。

例 9：When workers dream of a life beyond the factory
gates
Can Foxconn, the world's largest contract manufacturer,
keep growing and improve its margins now that
cheap and willing hands are scarce?
勞力短缺的窘境

由於廉價勞力不再，是否能讓世上最大的代工工廠「富士
康」持續成長與營收增加呢？

Note：
1. contract manufacturer　　　　　　　(n.)　代工工廠
2. margin　　　　　　　[ˋmɑrdʒɪn] (n.)　利潤
3. cheap and willing hands　　　　　　(n.)　廉價勞工
4. scarce　　　　　　　[skɛrs]　(adj.) 短缺

　　"When workers dream of a life beyond the factory gates"
照字面上的解釋為「當工人不再想過著工廠的生活時」，但根
據文章前後文，它的引申涵義為「勞力短缺」。因為工人意識
抬頭，工資攀升，造成廉價勞力不再，使得勞力短缺，讓全球
最大的代工工廠「富士康」面臨是否可以持續成長與營收增加
的困境。

例 10：South Korea's presidential election
　　　　A homecoming

南韓總統大選

重返青瓦台

　　本標題並無生字，單從主標題來看「南韓總統大選」簡單易懂，但是看到次標題 "A homecoming" 便會一頭霧水，因為它所描述的是字面下的深層涵義 (connotations)。南韓新任當選總統朴槿惠女士是前總統朴正熙的女兒，曾經隨著父母入主青瓦台（韓國總統府所在地），但隨著她的父親於 1979 年遭到親信暗殺而傷心地離開青瓦台。藉由此次的總統大選又再度重回青瓦台，從公主躍身成為女王。

二、喜歡用典

例 1：If APRIL is the cruelest month for poets, May is the harshest one for European leaders.
如果四月對詩人而言是最殘酷的月份，那麼五月對於所有的歐洲領導人而言則是最嚴酷的月份。

　　當讀者讀到 "If APRIL is the cruelest month for poets" 時，一定會丈二金剛摸不著頭腦，為何四月份對詩人來講是最殘酷的月份呢？"April is the cruelest month" 源自美國詩人 T. S. Eliot 艾略特的名詩 "The Wasteland" 首句，意謂著詩人正面臨的困境。由詩人所面臨的困境來比喻「五月對於所有的歐洲領導人而言，則是最嚴酷的月份」，因為他們對於歐元區發生嚴重財務危機的國家是否進行金援紓困，正在傷透腦筋。

三、喜歡使用「具體化、意象化」的字彙

例1：The doughty American shopper is being pummeled
　　　by four things: the housing bust, the credit crunch,
　　　higher fuel and food costs and, most recently, a
　　　weakening labor market.
　　　勇敢的美國消費者目前正面臨來自四方面的重創，包括房地
　　　產的崩盤、信用緊縮、燃料與食品費用高漲、與最近的就業
　　　市場的疲乏不振。

Note：
1. pummel　　　　　　［ˋpʌml］　　(v.)　　　用拳頭重擊
2. doughty　　　　　　［ˋdaʊtɪ］　　(adj.)　　勇敢的
3. the housing bust　　　　　　　　(n.)　　　房地產崩盤
4. the credit crunch　　　　　　　　(n.)　　　信用緊縮

　　　pummel 原意為「用拳頭重擊」，在此形成一種「拳
頭的」意象，比喻美國消費者目前正面臨來自四方面的
「拳頭」重創。

例 2：But so far at least there is little evidence that
　　　the world economy is falling off a cliff.
　　　但是到目前為止，至少並無明顯證據顯示世界的經濟正在
　　　下滑。

Note： falling off a cliff 從懸崖處跌落，以cliff「懸崖」
　　　　　的意象比喻自高處跌落。

例 3：Moreover, these foreigners can now do a bit to cushion the blow for Americans.
再者，這些外國人現在所能做的是緩和對美國人的衝擊。

Note：
1.cushion [ˋkʊʃən]　(n.) 避震器；抱枕
　　　　　　　　　　(v.) 減輕、緩和

　　以cushion「避震器；抱枕」形成一種「緩衝的意象」來替代ease 這種抽象化的字。

例 4：Weaker domestic demand should shrink America's gapping external deficit
疲弱的國內需求應該可以縮小美國日益擴大的外債赤字。

Note：
1.shrink　　[ʃrɪŋk]　(v.)　縮減、變少
2.gapping　[gæpɪŋ]　(adj.)　越裂越大的

　　gap (n.) 原意「裂縫」，也可以當動詞「使裂開」，這裡以它的現在分詞 "gapping" 當形容詞，形成一種「越破越大的」意象。

例5：But North Korea and America have spun out talks.
然而，北韓與美國已展開彼此之間的正式會談。

Note：
1.spin out　　(v.)　　（蜘蛛）吐絲結網；紡紗；發展出

以 "spin out"「蜘蛛吐絲結網」的意象，形容美國與北韓之間猶如「蜘蛛吐絲結網」一樣，已在同一空間內（在蜘蛛網裡）發展出正式的會談。

例6：Veterans helped form the country's middle class and its new cadre of achievers.
退伍軍人在這個國家有助於中產階級的形成，與成為社會中堅者的新核心。

以"cadre"「骨架、核心」的意象，加強退伍軍人在這個國家扮演中流砥柱的角色。

例7：Laptop computers and personal digital assistants (PDAs) needed fiddly cables to get online, and even then did so at a snail's pace. Reading and sending e-mail on a mobile phone—not to mention synchronizing it across several gadgets and computers to inaugurate one"virtual" in-box— was unheard of.
用筆記型電腦與個人數位助理器上網時，須連接繁瑣的網路線，而且速度就像蝸牛爬行的速度一樣。在智慧型手機上收發電子郵件是從來都沒聽過的事；更不用說，同時橫跨不同的設備與電腦，開創一機多功能的「虛擬實境」服務。

Note：
1.fiddly   [`fɪdlɪ]   (adj.)   繁瑣的
2.a sail's pace   (n.)   龜速的

3.synchronize　[ˋsɪŋkrənaɪz]　(v.)　使同時發生

4.inaugurate　[ɪnˋɔgjəˌret]　(v.)　就任；開始

　　以 a snail's pace 「蝸牛爬行的速度」形容「龜速的」，以inaugurate 「就任；開始」營造出手機一機多功能的「新氣象」。

例8：Even if an urban nomad confines himself to a small perimeter, he nonetheless has a new and surprisingly different relationship to time, to place and to other people."Permanent connectivity, not motion, is the critical thing."

即使都會區遊牧民的活動範圍不大，但是他可以與時間、地方、人們產生一種截然不同的關係。無需移動，只要持續連線，那是最重要的事。

Note：

1.nomad　[ˋnomæd]　(n.)　遊牧民

2.perimeter　[pəˋrɪmətɚ]　(n.)　圓周；範圍

　　以nomad「遊牧民」的意象加強都會的人，即使活動範圍不大，只要「網路連線」便可以像「遊牧民族」一樣，將活動的「圓周」（範圍）擴大。

例9：His trophy cabinet is already bulging — the Nobel medal will have to jostle space with an Oscar and an Emmy, all won this year.

他的勝利團隊氣勢如虹，囊括今年所有大獎，而且諾貝爾獎

的光環也會有利於角逐奧斯卡與艾美獎。

Note：

1.trophy	[ˋtrofɪ]	(n.)	古希臘、羅馬的勝利紀念碑
2.cabinet	[ˋkæbənɪt]	(n.)	內閣
3.bulge	[bʌldʒ]	(v.)	腫脹；上漲
4.jostle with / for		(v.)	競爭，爭奪

以trophy「古希臘、羅馬的勝利紀念碑」強化「勝利」的意象，cabinet「內閣」加強「團隊」的意象，bulge「腫脹」突顯出「氣勢如虹」的意象。

例10：So last week's announcement in Norway hasnaturally ignited speculation that Mr. Gore will mount another bid for the White House.

上禮拜於挪威宣布得獎消息，讓人自然揣測高爾先生將會再度角逐白宮大位。

Note：

1.ignite	[ɪgˋnaɪt]	(v.)	點燃
2.speculation	[ˌspɛkjəˋleʃən]	(n.)	揣測
3.mount	[maʊnt]	(v.)	登上；發動
4.bid	[bɪd]	(n.)	出價；叫牌；企圖

以ignite「點燃」營造出「激發」眾人揣測的意象，mount another bid「另外一次的叫牌」加強「再一次」企圖的意象。

四、需靠前後文推測字義

例1：Be reassured: the exhibition, at the Ismaili Centre in London until August 31st, is not a judgment-paralyzing blockbuster.

再度重申：展覽地點在倫敦伊斯馬依利展覽中心，展覽時間一直到八月三十一日，但它並不是引人注目的展覽。

Note：

1.judgment-paralyzing [ˋdʒʌdʒmənt ˋpærəˌlaɪzɪŋ] (adj.) 麻痺判斷力的

2.blockbuster　　　　[ˋblɑkˌbʌstər]　　　(n.)　風靡一時的電影巨片

　　judgment-paralyzing blockbuster 以前後文推斷字義為「引人注目的、吸引人的」。

例2：Getting a grip of communicable disease is an arms race.

掌控傳染病需憑藉著研發各種有效的藥品。

Note：

1.grip　　[grɪp]　(n.)　緊握；掌控
2.arms　　[ɑrmz]　(n.)　武器
3.race　　[res]　(n.)　競賽

　　an arms race (n.) 原意「軍備競賽」，但根據前後文推斷字義為「研發各種有效的藥品」，如同軍備競賽一樣，在軍備上取勝，才可以有效地擊潰敵人。

例3：Even the hair-shirt option, then, will bring only short-term relief.
那麼，即使自我節制也只能帶來短暫的舒緩。

Note：

1.hair-shirt　[hɛr ʃɚt]　(n.)　（苦行者或懺悔者貼身穿的）剛毛襯衣

　　hair-shirt 原意為「（苦行者或懺悔者貼身穿的）剛毛襯衣」，行使自我懲罰，在此以前後文推斷字義為「自我節制」。

例4：A less thirsty car may sit in the drive.
若將你的愛車停放在車庫裡，你就可以減少油錢的付出。

Note：

1.less thirsty　　　　(adj.)　不太口渴的
2.drive　[draɪv]　(n.)　私人住宅的車道

　　此句話無法從原本的字裡行間了解它的意義，須從前後文推斷「因為不開車子，車子則無需使用汽油，如此一來，車主便可減少油錢的支出」。

例 5：As the special report in this issue delineates, plans for the end of the fossil-fuel economy are now being laid and they do not involve much self-flagellation.
如同此專題報導針對此議題所做的描述一樣，終結化石燃料經濟的計畫如今已誕生了，而且不需太多的自我懲罰（節制）

的措施。

Note：
1.delineate [dɪˋlɪnɪˏet] (v.) 描述
2.flagellation [ˏflædʒəˋleʃən] (n.) 鞭打

self-flagellation 原義為「自我鞭打」，在此意謂著「使用替代能源不需像使用化石燃料一樣，為了節能減碳，天氣炎熱只能開電扇，省了錢但是折磨了自己」。

例6：The existing grid, tweaked and smartened to make better use of its power stations, should be infrastructure enough.
為了善加利用發電槽，現今的電路板已高度地精密化與智慧化，可以算得上是夠水準的基礎設備。

Note：
1.grid [grɪd] (n.) 電路板柵
2.tweak [twik] (v.) 扭、捏、擰
3.smarten [ˋsmɑrtn] (v.) 智慧化
4.power station (n.) 發電槽
5.infrastructure [ˋɪnfrəˏstrʌktʃɚ] (n.) 基礎建設（設備）

tweak 原義為「扭、捏、擰」，在此與前後文搭配時產生衍生之意「電路板經過高度研發後已達高度精密化」。

例7：Samsung and other firms are likely to tweak the design of their devices to avoid further legal bombshells in America.

三星與其他的公司可能改變它們產品的設計，目的是為了避免在美國發生更爆炸性的法律訴訟案。

Note：

1. tweak   [twik]   (v.)   扭、捏、擰
2. bombshell   [`bɑm͵ʃɛl]   (n.)   炸彈；突發事件

tweak原義為「扭、捏、擰」，在此與前後文搭配時衍生「改變」之意，改變設計是為了避免更大的bombshell「炸彈」在美國發生，成為眾所矚目與影響甚大的法律案件。

例8：35 years have winnowed the technological wheat from the chaff.

科技的發展歷經三十五年已從基礎科技發展到尖端科技了。

Note：

1. winnow   [`wɪno]   (v.)   精選；除去
2. wheat   [hwit]   (n.)   小麥
3. chaff   [tʃæf]   (n.)   粗糠

從字面上無法解釋have winnowed the technological wheat from the chaff的實質涵義，此句話是以「從粗糠裡把麥篩選出來」比喻科技的發展也是如此，「從基礎科技進階到尖端科技」。

例9：As these alternatives start to roll out in earnest, their rise, optimists hope, will become inexorable.

隨著這些替代能源大展身手時，樂觀此發展的人希望這樣的趨勢將會銳不可擋。

Note：

1.roll out	(v.)	大量生產
2.in earnest	(adv.)	認真地
3.inexorable [ɪn`ɛksərəb!]	(adj.)	無法改變的；不可阻擋的

roll out in earnest 原意為「認真地大量生產」，但是根據前後文產生字面上改變，意義卻相同的「大展身手」，意謂著「替代能源的時代已經來臨了」。

例 10：Really, don't we all know by now that finding examples of teens' and twentysomethings' ignorance is like shooting fish in a barrel?

事實上，難道我們對於目前的狀況不知道嗎？我們可以很輕易地從青少年與二十幾歲的年輕人中，知道他們是多麼無知？

Note：

1.twenytsomethings	(n.)	二十幾歲的人
2.Like shooting fish in a barrel	(prep. phr.)	桶中射魚，意謂「出奇地容易」

從字面上解釋"like shooting fish in a barrel"為「桶中射魚」，但是根據前後文產生字面上改變、意義卻相同的「出奇地容易」，因為桶子範圍有限，所以可以輕易地射到魚，意謂著「可以很容易發現年輕人的無知」。

五、文法句型不複雜

　　坊間介紹如何閱讀《經濟學人》的相關書籍甚少，即使有，也是花了極大的篇幅講解文法的問題，從基本句型文法著手，很少對症下藥，針對其單字、片語做一番地毯式的詳細介紹。為了使讀者更能精確閱讀《經濟學人》，本文不以文法句型著手，而以單字、片語的角度切入，讓讀者可以更清楚明白閱讀《經濟學人》的策略。

　　從以上的例句可以得知，閱讀《經濟學人》的難度不在於文法句型而在於字彙。所以，讀者在閱讀《經濟學人》時所具備的單字程度至少得有「托福」(TOEFL) 程度。除此之外，還得涉獵西方文化、典故等，不能單從字面上判斷其意義，往往得從「前後文」推斷才可以明白它的深層涵義。

六、實例講解

應用「3詞KO法 」（名詞、形容詞、動詞）與「金、銀、銅、鐵法」（每一段的前1句 = 金；每一段的後1句 = 銀；每一段中間支撐句 = 銅鐵）

秒殺口訣 「先抓金銀，再抓銅鐵」。

1. People are also worried that a national pension scheme is on course for bankruptcy in less than two decades. Yet Mr. Ma cannot bring himself to raise premiums sharply, because of the temporary unpopularity it risks.

When Mr. Ma does try to appeal to Taiwanese who make up the island's broad political centre, it often backfires with his party's core supporters. Following public grumbles that retired civil servants, teachers and ex-servicemen were a privileged group, the cabinet announced plans to cut more than $300m in year-end bonuses, affecting around 381,000. The trouble was, veterans are among the KMT's most fervent backers. Now some threaten to take to the streets in protest and deprive the KMT of their votes until the plan is scrapped. Meanwhile, Mr. Ma's clean image has been sullied by the indictment of the cabinet secretary-general for graft.

金：第一句
People are also worried that a national pension scheme is on course for bankruptcy in less than two decades.

3詞KO法：
people, worried, national pension scheme, bankruptcy
人們擔心全民保險的計畫會破產。

銀：最後一句
Meanwhile, Mr. Ma's clean image has been sullied by the indictment of the cabinet secretary-general for graft.

3詞KO法：

Mr. Ma's clean image, sullied, indictment, cabinet secretary-general, graft

馬總統的清廉形象，因為行政院祕書長的貪污而受損。

金 + 銀 = 本段摘要

人們擔心全民保險的計畫會破產，而馬總統的清廉形象，因為行政院祕書長的貪污而受損。

銅鐵 （中間支撐句）：

擴大詳述目前馬總統所遭遇的一連串有關各種社會保險的問題。

2. Britain, for long the most enthusiastic champion of financial deregulation, is going further still, pondering whether banks' retail arms should be so tightly regulated that they become little more than public utilities. Mervyn King, the governor of the Bank of England, in a recent speech in New York wondered aloud whether the use of deposits to fund loans should be outlawed. In essence, he was questioning a basic building block of modern banking. In April a government-appointed commission said that Britain's banks should wall off their retail arms so they could be salvaged if the rest of the business were to collapse. It is also trying to devise resolution regimes and living wills to reduce the harm done when banks collapse, and it wants more competition in retail banking.

金：第一句

Britain, for long the most enthusiastic champion of financial deregulation, is going further still, pondering whether banks' retail arms should be so tightly regulated that they become little more than public utilities.

3詞KO法：

Britain, pondering, banks' retail arms, tightly regulated, little more than public utilities
英國正在思考銀行存放款部門是否應該像公家機構一樣，受到嚴格的控管。

銀：最後一句

It is also trying to devise resolution regimes and living wills to reduce the harm done when banks collapse, and it wants more competition in retail banking.

3詞KO法：

devise, resolution regimes, living wills, reduce harm, banks collapse, more competition, retail banking
正在研擬解決措施與後備方案，減少銀行崩盤時所產生的傷害，以及使得銀行存放款業務加入更多的競爭。

金 + 銀 = 本段摘要
英國正在思考銀行存放款部門是否應該像公家機構一樣，受到嚴格的控管，正在研擬解決措施與後備方案減

少銀行崩盤時所產生的傷害，以及使得銀行存放款業務加入更多的競爭。

銅鐵（中間支撐句）：擴大詳述
銀行不應該以民眾存款轉成借貸款項，若是銀行發生問題的話，至少還有資金可以協助度過難關。

3. The original plan in May 2010 was conceived on the notion that Greece faced an acute but temporary funding problem. A liquidity issue could be addressed by using official lending from the euro area and the IMF of €110 billion ($157 billion) to replace funding from the markets, which were by then demanding punitive rates. The country would meanwhile take drastic steps to reduce its deficit. That would rebuild investor confidence and allow Greece to return to the bond markets, partially in 2012 and completely by mid-2013. That schedule now looks hideously overoptimistic. Investors have become even more loth to provide long-term funding: ten-year bond yields now exceed 15%, compared with a peak of 12.3% a year ago. This reflects, in part, an appreciation that Greece's fiscal woes are even graver than they first appeared. The starting-point in 2009 for both debt and the deficit turned out to be worse than realised; tax revenues have proved disappointing as austerity measures have undermined growth. As a result, Greek government debt at the end of last year was close to 145% of GDP and the deficit for 2010 was a colossal

10.5% of GDP, well above the original target of 8.1%.

金：第一句
The original plan in May 2010 was conceived on the notion that Greece faced an acute but temporary funding problem.

3詞KO法：
original plan, conceived, Greece, acute, temporary funding problem
原先的計畫是認為希臘面臨緊急但短暫的資金問題。

銀：最後一句
As a result, Greek government debt at the end of last year was close to 145% of GDP and the deficit for 2010 was a colossal 10.5% of GDP, well above the original target of 8.1%.

3詞KO法：
Greek government debt, close to 145% of GDP, deficit 10.5% of GDP
希臘的債務接近國民生產毛額的145%，赤字也來到了國民生產毛額的10.5%。

金 + 銀 = 本段摘要
原先的計畫是認為希臘面臨緊急但短暫的資金問題，但實際上希臘的債務接近國民生產毛額的145%，赤字也

來到了國民生產毛額的**10.5%**。

銅鐵（中間支撐句）：擴大詳述
當初所擬訂的金援紓困計畫，低估希臘的債務狀況。

4. HTC will appeal against the trade commission's ruling. It will also fight back in other ways. Earlier this month it bought a loss making software firm, S3, for $300m. S3 recently won a patent case against Apple and may have other patents, which might be used to launch a counter-suit against Apple, or at least persuade it to agree a truce. On Wednesday the Wall Street Journal reported (paywall) that Google itself was considering a similar move: buy a smaller firm with a collection of patents to boost its armoury in the patent war. Pierre Ferragu, an analyst with Bernstein Research, believes the takeover of S3 will provide HTC with some winning cards in its legal poker game. It also shows, says Mr. Ferragu, that the next phase of mobile-phone development will be driven at least as much by the courts as by consumers.

金：第一句
HTC will appeal against the trade commission's ruling.

3詞KO法：
HTC, appeal against, trade commission's ruling
HTC （宏達電）將會對貿易委員會的裁決提出上訴。

銀：最後一句

It also shows, says Mr. Ferragu, that the next phase of mobile-phone development will be driven at least as much by the courts as by consumers.

3詞KO法：

next mobile-phone development, court, consumer

下一階段手機的發展，將會同時進行市場爭奪戰與法庭專利訴訟案。

金 + 銀 = 本段摘要

HTC（宏達電）將會對貿易委員會的裁決提出上訴，因此下一階段手機的發展，將會同時進行市場爭奪戰與法庭專利訴訟案。

銅鐵（中間支撐句）：擴大詳述

HTC 購買擁有專利的公司，對Apple提出侵犯該專利的訴訟，準備以戰逼和。

5. The most obvious example is Apple (founded in 1976). Like IBM, it had a near-death experience in the 1990s, and it is dangerously dependent on its founder, Steve Jobs. But it has a powerful organising idea: take the latest technology, package it in a simple, elegant form and sell it at a premium price. Apple has done this

with personal computers, music players, smartphones and tablet computers, and is now moving into cloud-based services. Each time it has grabbed an existing technology and produced an easier-to-use and prettier version than anyone else. This approach can be applied to whatever technology is flavour of the month: Apple has already shifted from PCs to mobile devices.

金：第一句

The most obvious example is Apple (founded in 1976). Like IBM, it had a near-death experience in the 1990s, and it is dangerously dependent on its founder, Steve Jobs.

Note：此段第一句太短，無法提供足夠的資訊，所以往下再讀一句。

3詞KO法：

obvious example, Apple, IBM, near-death experience, dangerously dependent, Steve Jobs
最顯著的例子就是蘋果（成立於1976年）。像IBM一樣，蘋果在20世紀90年代曾瀕臨倒閉，而且依賴其創始人Steve Jobs，這是非常危險的。

銀：最後一句

This approach can be applied to whatever technology is flavour of the month: Apple has already shifted from PCs to mobile devices.

3詞KO法：

applied, whatever technology, Apple, from PCs to mobile devices

這種方法可以應用於時下走紅的任何技術，因此，蘋果已經從個人電腦轉向了智慧型行動裝置的發展。

金 + 銀 = 本段摘要

最顯著的例子就是蘋果（成立於1976年）。像IBM一樣，蘋果在20世紀90年代曾瀕臨倒閉，而且依賴其創始人Steve Jobs，這是非常危險的。但是目前蘋果已經從個人電腦轉向了智慧型行動裝置的發展。

銅鐵（中間支撐句）：擴大詳述

蘋果整合時下最新科技發展一機多功能，外表美觀大方，且容易使用的智慧型手機與平板電腦，領先群雄。

（以上例句與段落皆取自於 http://www.economist.com/）

第四篇

英文寫作篇

CHAPTER FOUR

① 秒殺「看圖說故事」

　　大學學測的作文一向考「看圖說故事」，共有四格漫畫，前三格是漫畫內容，第四格空白，要求學生「觀察三幅連環圖片的內容，並想像第四幅圖片可能的發展，寫出一個涵蓋連環圖片內容，並有完整結局的故事」。

　　此類型的考題除了須具備一般英文寫作的能力之外，還須有想像力，若要 KO「看圖說故事」須注意下列事項：

1.不宜用艱深的文法與單字，會破壞閱讀的流暢性與故事性。

2.多加使用名詞、形容詞、副詞，豐富其故事性。

3.須符合邏輯並發揮想像力。

4.描寫第一格圖，須簡單介紹故事的背景。

5.描寫第四格圖，盡量獨特性，讓人意想不到或感覺驚豔的結局。

　　遵照此五大注意事項，我們可以整理出秒殺「看圖說故事」的口訣—**「8 字箴言」：when, where, why, how, who, what, if, although。（一般市面上的教法只侷限於 when, where, why, how 這四個疑問詞的整合，對於豐富其故事性，明顯不足，因此本文再補充 who, what, if, although, 形成 8 字箴言，凸顯文章的邏輯性與故事的豐富性。）**

　　如何運用此「8 字箴言」：

1. 每一個圖用此「8字箴言」套一遍，將可能套用的字項選出，再按照邏輯加以排列組合。
2. 必要時，圖與圖之間得用「連接詞」或「轉折語氣」，使每個圖能一氣呵成。

實例講解

以民國 100 年大學學測「看圖說故事」為例：

說明：
1. 依提示，在「答案卷」上寫一篇英文作文。
2. 文長約100至120個單詞（words）。
提示：請仔細觀察以下三幅連環圖片的內容，並想像第四幅圖片可能的發展，寫出一個涵蓋連環圖片內容並有完整結局的故事。

第一格：

When: A rich boy's birthday

Where: At the masquerade

Who: The boy, Tom; the girl, Helen

How: He invited the girl disguised in the outfit of princess to dance

Why: The boy, wearing a mask, was invited to the masquerade.

What: They were dancing.

把選出的 6 個選項加以組合，按照 S + V + O 的句型加以整合

1. why：為何舉行化妝舞會（背景介紹）

A rich boy held a masquerade to celebrate his 18th birthday, and thus he invited his good friends to the party.（此句話中也帶出地方與時間）

2. who：誰去參加（故事主人翁出場）

Tom, one of the rich boy's good friends, was invited to the party.

3. what：舞會發生了什麼事

In the party, Tom, wearing a mask, met a girl, called Helen, who was disguised in the outfit of princess and captured his eyes. Tom invited Helen to dance in the party. He fell in love with her at first sight.

第二格：

When: after the party
Where: Helen's apartment
Why: He tried to court her
How: Sang while playing the guitar

把選出的 4 個選項加以組合，按照 S + V + O 的句型加以整合

4 When：舞會結束後發生什麼事
After the party, Tom missed Helen very much and decided to court (run after追求) her.

5. Where：Tom去哪裡做了什麼事
He came to Helen's apartment, where he sang while playing the guitar. By means of this, he tried to touch her and persuade her to be his date（與他交往）.

第三格：

When: He was singing.
Where: Helen's apartment
Who: Helen's neighbors
How: Protest
Why: Making a noise
What: He was embarrassed（尷尬）and made an apology

把選出的 6 個選項加以組合，按照 S + V + O 的句型加

以整合

6. Who：鄰居做了什麼事
While he was singing, Helen's neighbors protested him for making so much noise.

7. What：Tom做了什麼事應對
Tom felt embarrassed and made an apology to her neighbors.

第四格：
How: Tom explained why he sang at midnight.
Who: Neighbors
What: To encourage Helen to accept his love.
Although: Although the neighbors did not sleep well, they
        helped Tom court Helen successfully.

把選出的 4 個選項加以組合，按照 S + V + O 的句型加以整合

8. Why：解釋為何會做出如此行為
After a sincere apology, Tom explained why he did such an impolite behavior.

9. What：鄰居的態度與做了什麼事
In the beginning, the neighbors were furious at
（很生氣）Tom's making so much noise, but, after

Tom's explanation, they chose to forgive him and encouraged Helen to accept Tom's love.

10. What：A happy ending 快樂結局
In such a romantic atmosphere, Helen agreed to be Tom's date.

11. Although：雖然～但是～
Although the neighbors did not sleep well, they helped Tom court Helen successfully.

12. 得到啟示
From this experience, Tom learned a lesson: he has to try his best to turn a crisis into a turning point.

四格圖整合起來，可得一篇符合邏輯與故事性的短文：
A rich boy held a masquerade to celebrate his 18th birthday, and thus he invited his good friends to the party. Tom, one of the rich boy's good friends, was invited to the party. In the party, Tom, wearing a mask, met a girl, called Helen, who was disguised in the outfit of princess and captured his eyes. Tom invited Helen to dance in the party. He fell in love with her at first sight.

After the party, Tom missed Helen very much and decided to court (run after) her. He came to Helen's apartment, where he sang while playing the guitar. By means of this, he tried to touch her and persuade her to be his date. While he was singing, Helen's neighbors protested him for his making so much noise. Tom felt embarrassed and made an apology to her neighbors.

After a sincere apology, Tom explained why he did such an impolite behavior. In the beginning, the neighbors were furious at Tom's making so much noise, but, after Tom's explanation, they chose to forgive him and encouraged Helen to accept Tom's love. In such a romantic atmosphere, Helen agreed to be Tom's date. Although the neighbors did not sleep well, they helped Tom court Helen successfully. From this experience, Tom learned a lesson: he has to try his best to turn a crisis into a turning point.

②KO 形容詞子句的限定用法與非限定用法

秒殺口訣

先行詞清楚，請加「逗點」。
先行詞不清楚，不加「逗點」。

Note：
1.不用理會文法書的解釋, 因為看完後你還是不懂。
2.何謂先行詞清楚：
　　a.專有名詞
　　b.獨一無二的專有名詞
　　c.唯一的名詞

1. Tom, who is looking out of the window, is chewing a gum.
   湯姆往窗戶外面看的時候，正在嚼口香糖。（Tom＝專有名詞）

2. Taipei, which is located in the north of Taiwan, is the capital of R.O.C.
   台北位於台灣的北部，是中華民國的首都。（Taipei＝獨一無二的專有名詞）

3. My brother, who is an engineer, is living in New York.
   我的兄弟是一位工程師，住在紐約。（my brother＝唯一的兄弟，兩個兄弟或以上則不需加逗點）

③ 如何在作文中寫出分詞構句

一、由副詞子句改成

秒殺口訣

1. 副詞連接詞：可留，可不留，原因不可留。
2. 主詞：主詞同，省略；主詞不同，不省略。
3. 動詞：主動 = V-ing；被動 = P.p.

1.Because I do not know, I have no comment.
= **Not knowing**, I have no comment.
　我不知道，所以無法評論。
Note：
1.原因的副詞連接詞不可留。
2.主詞相同，省略。
3.省略助動詞do。
4.主動 = V-ing = Not knowing。

2.After the sun had set, we went home.
= **The sun having set**, we went home.
　我們在太陽下山後回家。

Note：

1.省略副詞連接詞。

2.主詞不同，不省略。

3.主動= V-ing = having set。

3. Although he was wounded, the brave soldier continued to fight.

= **Although wounded**, the brave soldier continued to fight.

= **The brave soldier**, although wounded, continued to fight.

這位勇敢的士兵雖然受傷了，但仍然奮勇殺敵。

Note：

1.分詞構句只剩分詞時，不清楚，保留副詞連接詞。

2. 主詞相同，省略。

3. 被動 = P.p. = wounded。

4. 插入句置於主詞後。

二、由對等子句改成

秒殺口訣

一句2V：

1. 找連接詞。

2. 若無連接詞，改動詞為分詞，主動 = V-ing，被動 = P.p.。

・His daughter **was riding her bike**, and her hair blew in the wind.

= His daughter **was riding her bike**, her hair **blowing** in the wind.

= His daughter **was riding her bike**, **with** <u>her hair</u> **blowing** in the wind.

他的女兒騎腳踏車時，她的頭髮隨風飄動。

Note：前後主詞不一致時，可以使用 with + N + 分詞，表示附帶動作。

三、由關代主格改成

秒殺口訣

省略關代主格，改動詞為分詞，主動 = V-ing；被動 = P.p.。

1. The church which is located on the top of the mountain is being renovated at present.

= The church **located** on the top of the mountain is being renovated at present.

位於山頂的教堂，目前正在改建。

Note：

1. 省略關代主格 which + be。
2. 被動 = P.p. = located。

2. I know the person who stands over there.

= I know the person **standing** over there.
我認識站在那裡的人。
Note：
1. 省略關代主格 who。
2. 主動 = V-ing = standing。

４ 英文寫作邏輯思考訓練

　　一直以來，英文寫作都是我在學校與補習班的主要授課課程，因此我也深知台灣學生寫作的缺失，其中一項最嚴重的便是以中文思考邏輯來從事英文寫作，如此一來，便會格格不入，無法抓住要領，與高分無緣。

　　中文寫作強調「作文如行雲流水」，所以中文作文的第一段通常只是開場白而已，並不是文章最重要的地方，越後面的段落往往越重要，這樣的寫作方式與西方人的思考邏輯模式，完全背道而馳。

　　英文寫作第一段稱為「主題論述」(thesis statement)，是整篇文章最重要的地方；換句話來說，端看第一段，即可大略知道整篇文章的架構。最後一段是「結尾」論述 (concluding words)，是整篇文章次重要的地方，總結整篇文章的論點。中間的段落是承接第一段的「主題論述」並開啟最後一段的「結尾論述」，通常用來舉例論證。

　　在「閱讀篇」時，我所提及的「金、銀、銅、鐵」法便是依據這樣的西方邏輯思考模式而量身訂作的。

　　英文寫作時必須先擬好大綱，檢查是否符合邏輯，方可下筆，才不會寫到一半發現離題，亂了手腳，只好硬拗回來，如此的硬拗還是無法逃過被判定離題的命運。

　　下列是我依據多年的教學經驗所得出的「擬定大綱三部曲」：

1. 想到什麼就寫什麼
2. 歸類

3. 組織（按照修身、齊家、治國、平天下的原則）

實例講解

In your opinion, what are the most important characteristics that a person should have to be successful in life?

A 擬定大綱：
1. 想到什麼寫什麼

optimistic（樂觀）, positive（積極）, honest（誠實）, candidate（正直）, fortitude（毅力）, latitude（高度）, good attitude（好的態度）, humility（謙虛）, moderate（溫和）, good temper（好脾氣）, determination（決心）, prudence（謹慎）, deliberation（深思熟慮）, effort（努力）。

2. 歸類

A. 粗略分類（相似的論點歸在同一類）

Optimism（樂觀）: optimistic, positive
Honesty: honest, candidate
Attitude: fortitude, latitude, good attitude, humility, moderate, good temper, determination, prudence, deliberation
Effort: effort

B. 從粗略分類中，再篩選出你認為可以發展成「主題」，並且可以充分理性邏輯論述。
篩選出「毅力」、「謹慎」、「努力」：

a. Fortitude

b. Prudence

c. Effort

3. 組織

按照「修身、齊家、治國、平天下」的原則，由小到大排列，符合線性邏輯。

A. Perspirations（汗水＝努力）

B. Perseverance（毅力＝fortitude）

C. Prudence（謹慎小心）

此三項為發展本文的最後定案。

Note：成功人士所具備最重要的特性是「努力」，不努力一定不會成功，在邁向成功的路途上，一定會有挫折，所以需要「毅力」；有了「努力」、「毅力」後，必須「謹慎小心」方能成功。

B 文章：

Try to imagine a rough **contour** in your mind: what will **befall** you without endeavors if you want to **savor** the **mellow** taste of **triumph**? Your wish to **clinch** a certain goal must be **a castle in the air**. Without **perspirations**, it is **out of the question** for you to realize your ambition. You, even though you **strive** to march toward your destination, do not essentially enjoy a fruitful outcome, let alone a person without efforts. Perspirations **condition** success.

第一段只談論努力，努力不見得一定會成功，但不努力一定不會成功。

Perseverance can provide a **fecund** ground where your efforts can take root and **thrive**. What with **drastic** competitions and what with possible failures, you must, **inevitably**, encounter obstacles on the way to **trophy**. In the face of an **adversary**, you must **muster** your courage to break through the **bottleneck**, and then **the goddess of Nike** will pay a visit to you. To take an example, Apple, founded by the late CEO–Steve Jobs, was once **on the brink of insolvency** in the early 1990s, but now **emerges as a cutting-edge** technology giant, generating iPod, iPhone, iPad, all of which are the best sellers of **consumer electronics**. This example sustains–and even enhances–a sense that Jobs persevered in his original intention–bringing Apple to be ace of all the hi-tech companies–even though some **thorny** problems obstructed his way to success. It is not so much to say that Job's **persistence** plays a **pivotal** part in **propelling** Apple to **peak**.

第二段談論只有努力而無毅力的話，成功也只是空談，並且以蘋果賈伯斯為例，說明毅力的重要性。

Prudence serves as the final defense for victory. You work **assiduously** for your original object and never **succumb to** any **predicament**, while lack of **deliberation renders** your efforts and fortitude futile. With a previous prudent projection and a scrupulous scheme, time and labor can be **maximized**, and thus setbacks can be **minimized**. The three **core ingredients** are **integral** to your **acclaimed**

accomplishment. In other words, perspirations, perseverance, and prudence pave the path for a **promising prospect**.

第三段談論若是缺了謹慎小心，即使有了努力與毅力，勝利女神還是不會眷顧你，因此努力、毅力、謹慎是成功人士必備的三種特性。

C 説文解字：

第一段

contour	[`kɑntʊr]	(n.)	輪廓
befall	[bɪ`fɔl]	(v.)	發生，降臨
mellow	[`mɛlo]	(adj.)	汁多甜美的
triumph	[`traɪəmf]	(n.)	勝利
clinch	[klɪntʃ]	(v.)	達成
a castle in the air		(phr.)	海市蜃樓
perspiration	[ˌpɝspə`reʃən]	(n.)	汗水，努力
out of the question		(adj.)	不可能的
strive	[straɪv]	(v.)	努力
condition	[kən`dɪʃən]	(v.)	為～條件

第二段

perseverance	[ˌpɝsə`vɪrəns]	(n.)	毅力
fecund	[`fikənd]	(adj.)	肥沃的
thrive	[θraɪv]	(v.)	茂盛，茁壯
drastic	[`dræstɪk]	(adj.)	激烈的
inevitably	[ɪn`ɛvətəblɪ]	(adv.)	難以避免地
trophy	[`trofɪ]	(n.)	勝利，成功
adversary	[`ædvɚˌsɛrɪ]	(n.)	逆境
muster	[`mʌstɚ]	(v.)	鼓起

bottleneck	[`bɑt!ˏnɛk]	(n.)	瓶頸
the goddess of Nike			勝利女神
on the brink of ～		(phr.)	瀕臨～邊緣
insolvency	[ɪn`sɑlvənsɪ]	(n.)	破產
emerge as		(v.)	成為
cutting-edge	[`kʌtɪŋ ɛdʒ]	(n.)	時代尖端的
consumer electronics		(phr.)	消耗性電子產品
thorny	[`θɔrnɪ]	(adj.)	棘手的
persistence	[pɚ`sɪstəns]	(n.)	堅持，毅力
pivotal	[`pɪvət!]	(adj.)	核心的
propel	[prə`pɛl]	(v.)	推進
peak	[pik]	(n.)	巔峰

第三段

prudence	[`prudns]	(n.)	謹慎
assiduously	[ə`sɪdʒʊəslɪ]	(adv.)	勤勉地
succumb	[sə`kʌm]	(v.)	屈服，讓步
predicament	[ˏprɪ`dɪkəmənt]	(n.)	困境
deliberation	[dɪˏlɪbə`reʃən]	(n.)	深思熟慮
render	[`rɛndɚ]	(v.)	使得
maximize	[`mæksəˏmaɪz]	(v.)	最大化
minimize	[`mɪnəˏmaɪz]	(v.)	最小化
ingredient	[ɪn`gridɪənt]	(n.)	成分，要素
integral	[`ɪntəgrəl]	(adj.)	完整的；不可或缺的
acclaimed	[ə`klemd]	(adj.)	令人讚賞的
promising	[`prɑmɪsɪŋ]	(adj.)	有前途的
prospect	[`prɑspɛkt]	(n.)	願景

⑤ 主題句的寫法 (Topic Sentence)

Topic Sentence （每一段的第一句話）

1. 具體化。
2. 簡單化。
3. 可發展事項。

Note：
1. 主題句須完整句（寫短文時主題句宜為簡單句；
   頂多可寫複雜句）。
2. 用字遣詞正確（不確定不寫）。

實例講解 1

The weather in spring was unpredictable. Heavy fog arose in the morning, while the sunlight **sparked** in the afternoon. It rained for **a couple of** days, then cleared up, and rained again. So **capricious** was the weather that the temperature was **undulant**, **ranging** from 15 °C to 28 °C. It was **arduous** to plan activities or know what to wear with such **whimsical** weather.

Note：

1.在主題句中，以 "unpredictable"（不可預測的）點
　出春天天氣的善變。

2.此句為簡單句。

3.自第二句起，舉例具體說明春天氣候的善變。

4.說文解字：

unpredictable	[͵ʌnprɪˋdɪktəbl̩]	(adj.)	不可預測的
spark	[spɑrk]	(v.)	閃耀
a couple of + 複數名詞			好幾個～
capricious	[kəˋprɪʃəs]	(adj.)	善變的
undulant	[ˋʌndjələnt]	(adj.)	起伏的
range	[rendʒ]	(v.)	範圍包括～
arduous	[ˋɑrdʒʊəs]	(adj.)	費勁的
whimsical	[ˋhwɪmzɪkl̩]	(adj.)	反覆無常的

實例講解 2

　　Alfred Nobel, the Swedish inventor and industrialist, **was a man of many contrasts**. He was the son of a bankrupt, but became a millionaire; a scientist with a love of literature, an industrialist who managed to remain an idealist; he made a fortune but lived a simple life, and although cheerful in company he was often sad in private. A lover of mankind, he never had a wife or family to love him; a **patriotic** son of his native land, he died alone on foreign soil. He invented a new explosive, **dynamite**, to improve the peacetime industries of mining and road building, but saw it used as a weapon of war to kill and injure his fellow men. During his useful life he often felt he was useless: "Alfred Nobel," he once wrote of himself, "ought to have been put to death by a kind doctor as soon as, with a cry, he entered life." Nobel, whose works were world-famous, was never personally well known throughout his life, for he avoided publicity. "I do not see," he said, "that I have deserved any fame and I have no taste for it." But since his death, his name has brought fame and glory to others.

（本文取自 http://hi.baidu.com/huangyf/item/fd09cf3b36a09ff7a984285d）

Note：

1.在主題句中以"many contrasts" 點出「諾貝爾」的多面向。

2.此句為簡單句。

3.自第二句起，舉例具體說明「諾貝爾」的多面向。

4.說文解字：

contrast	[`kɑn͵træst]	(n.)	對比
patriotic	[͵petrɪ`ɑtɪk]	(adj.)	愛國的
dynamite	[`daɪnə͵maɪt]	(n.)	炸藥

實例講解 3

The key to good health lies in everybody's own hands, though doctors can help in some ways. **Appropriate** lifestyles–personal **hygiene, poised nutrition**, sufficient exercise, and good habits–**are subservient to** keeping healthy. Additionally, freedom from worries, anxieties and bad temper is vital to maintain the peace of mind and the

coordination of body.

Note：

1.在主題句中，以"everybody's own hands"點出身體健康掌握在自己的手中。

2.此句為複雜句（主要子句+副詞子句）。

3.自第二句起，舉例具體說明如何保持健康。

4.說文解字：

appropriate	[əˋproprɪˌet]	(adj.)適當的
hygiene	[ˋhaɪdʒin]	(n.) 衛生
poised	[pɔɪzd]	(adj.)平衡的
nutrition	[njuˋtrɪʃən]	(n.) 營養
be subservient to + N. / V-ing		有助於
coordination	[koˋɔrdnˌeʃən]	(n.) 協調

實例講解 4

　　Management is crucial in the digital age. The paces of the world, nowadays, are **fast-shifting**, and **cutting-edge** technology products have been **mushrooming**. Knowledge and information are **updating** and **upgrading** every day. To **keep abreast of** the times, qualified management of time and resources plays a **pivotal** part in **drawing first blood** in the world of **drastic** competitions.

Note：

1.在主題句中，以"crucial"（重要的）點出「管理」在數位化時代的重要性。

2.此句為簡單句。

3. 自第二句起，舉例具體說明為何「管理」在日新月異資訊化的社會中扮演核心的角色。

4. 說文解字：

fast-shifting	[fæst `ʃiftiŋ]	(adj.)	快速改變的
cutting-edge	[`kʌtiŋ ɛdʒ]	(n.)	時代尖端
mushroom	[`mʌʃrʊm]	(v.)	如雨後春筍般的湧現
update	[ʌp`det]	(v.)	更新
upgrade	[`ʌp`gred]	(v.)	升級
keep abreast of		(v.)	保持並駕齊驅
pivotal	[`pɪvət!]	(adj.)	核心的
draw first blood		(v.)	搶得先機
drastic	[`dræstɪk]	(adj.)	激烈的

實例講解 5

Children who are addicted to watching TV are too prone to be passive. They are just "**couch potatoes**" and let time just pass by. Children are of invention and of creation to imagine a whole world of their own. However, what will happen when TV does all the imagining for them? **As a result of indulging in** watching TV, these kids′ **originality** has been **deprived** of.

Note：

1. 在主題句中，以 "passive" 點出愛看電視的小孩容易「被動、不積極」。

2. 此句為複雜句（主要子句＋形容詞子句）。

3. 自第二句起，舉例具體說明為何愛看電視會使得小孩

不積極。

4.說文解字：

couch potato		(n.)	成天躺著或坐在沙發上看電視的人
as a result of		(adv.)	因為，由於
originality	[ə͵rɪdʒə`nælətɪ]	(n.)	原創、創造力
deprive	[dɪ`praɪv]	(v.)	剝奪
indulge	[ɪn`dʌldʒ]	(v.)	沉迷

6 如何寫導言 (Introduction)

引起讀者的興趣及表明文章的主體

一、背景介紹：介紹所要描述及討論主題的背景

實例講解 1

There **used to** be many precious wild animals **roaming** freely on this island from **black bears** to **clouded leopards**. It is a **shame** that **not a few** selfish people should **slaughter** these wild animals for profits. Their meat and blood are made into **tonics**. Their skins and **furs** are used to make clothes and purses. Their horns and bones are used to produce **ornaments** and **souvenirs**. All these inhumane acts are threatening the survival of wildlife.

Note：

1. 此段以「背景介紹法」描述人們為了利益獵殺野生動物，開啟以下的段落，論述為何與如何保護野生動物。
2. 說文解字：

used to + Vr.	(v.)	過去某種狀態
roam	(v.)	漫步

black bear		(n.)	台灣黑熊
clouded leopards		(n.)	雲豹
shame	[ʃem]	(n.)	遺憾
not a few			很多（與可數名詞連用）
slaughter	[`slɔtɚ]	(v.)	屠殺
tonic	[`tɑnɪk]	(n.)	補品
fur	[fɝ]	(n.)	動物毛皮
ornament	[`ɔrnəmənt]	(n.)	裝飾品
souvenir	[`suvə,nɪr]	(n.)	紀念品

二、引經據典：引用成語或名人講的話

【實例講解 2】

"Honesty is the best policy." Endless lies bury us into endless **fabrication. Conversely**, truth sets us free. No other virtue is more essential than **veracity** in that dishonesty not only **erodes** one's **genuine** heart but also **sparks off** social disorder.

Note：

1. 以「誠實為最佳政策」這句話點出說謊的可怕，也開啟以下段落，論述不誠實會如何造成社會混亂，最後得出「誠實」的重要性。

2. 說文解字：

fabrication	[ˌfæbrɪ`keʃən]	(n.)	虛構
conversely	[kən`vɝslɪ]	(adv.)	相反地

veracity	[vəˋræsətɪ]	(n.)	誠實
erode	[ɪˋrod]	(v.)	侵蝕
genuine	[ˋdʒɛnjʊɪn]	(adj.)	真誠的
spark off		(v.)	造成；引起

常用的名人嘉言錄

1. I am a slow walker, but I never walk backwards. (Abraham Lincoln, American President)

2. The time of life is short; to spend that shortness basely, it would be too long. (William Shakespeare, British dramatist)

3. The man who has made up his mind to win will never say "impossible." (Bonaparte Napoleon, French emperor)

4. You have to believe in yourself. That's the secret of success. (Charles Chaplin, American actor)

5. The only limit to our realization of tomorrow will be our doubts of today.(Franklin Roosevelt, American president)

6. Genius only means hard-working all one's life. (Mendeleyer 門捷列耶夫 Russian chemist)

7. Achievement provides the only real pleasure in life. (Thomas Edison, American investor)

8. Patience is bitter, but its fruit is sweet. (Jean Jacques Rousseau, French philosopher)

9. The roots of education are bitter, but the fruit is sweet. (Aristotle, Greek philosopher)

10. Living without an aim is like sailing without a compass.(Alexandre Dumas, French writer)

11.The important thing in life is to have a great aim, and the determination to attain it.(Johann Wolfgang von Goethe, German poet and dramatist)

12. Power invariably means both responsibility and danger. (Theodore Roosevelt, American president)

13. Never leave that until tomorrow, which you can do today. (Benjamin Franklin, American president)

14. Imagination is more important than knowledge. (Albert Einstein, American scientist)

15. Don't part with your illusions. When they are gone, you may still exist, but you have ceased to live. (Mark Twain, American writer)

16. If you doubt yourself, then indeed you stand on shaky ground. (Ibsen, Norwegian dramatist)

17. When an end is lawful and obligatory, the indispensable means to is [are] also lawful and obligatory. (Abraham Lincoln, American President)

18. The supreme happiness of life is the conviction that we are loved. (Victor Hugo, French novelist)

19. My philosophy of life is work. (Thomas Alva Edison, American inventor)

20. If you don't learn to think when you are young, you may never learn. (Thomas Edison, American investor)

21. Natural abilities are like natural plants that need pruning by study. (Francis Bacon, British philosopher)

22. Knowledge is the antidote of fear. (Ralph Waldo Emerson)

23. I succeeded because I willed it; I never hesitated. (Bonaparte Napoleon)

24. Knowledge is power. (Francis Bacon)

25. All the splendor in the world is not worth a good friend. (Voltaire, French thinker)

26. The first wealth is health. (Ralph Waldo Emerson)

三、反問法：與讀者對話

實例講解 3

Has Formosa been **tainted**? **In tandem with** the **economic take-off** in Taiwan, our country **is earmarked by** the increase of population as well as the promotion of living standard. Everything seems good, while the environment **leaves much to be desired**. The air we breathe is polluted by **exhausted fume**; our drinking water is **contaminated** by waste material from factories; natural resources are **overexploited**.

Note：

1. 以「福爾摩沙受到污染嗎？」與讀者對話，點出台灣的污染問題，也開啟以下的段落，論述如何改善台灣環境污染的問題與環保的重要性。

2. 說文解字：

taint	[tent]	(v.)	污染
in tandem with			隨著～而來
economic take-off		(n.)	經濟起飛
be earmarked by			以～為特色
leave much to be desired			有很多缺點
exhausted fume		(n.)	廢氣
contaminate	[kən`tæmə‚net]	(v.)	污染
overexploit	[`ovɚ`ɛksplɔɪt]	(v.)	過度開發

四、反證法：先介紹一種普遍現象或觀點，然後提出自己的相反觀點

實例講解 4

Watching TV has been the **prime** pastime since the invention of TV. People spend most of their leisure time watching TV than doing anything else. Those who **get addicted to** watching TV perceive that such a habit is not so **notorious** as some experts criticize. Irrefutably, people can broaden their **horizons** as well **as amass a diversity of** knowledge and common sense. Some programs are indeed educationally motivating and inspiring. **Nevertheless, for most programs, watching TV, from my perspective, is amount to squandering time**.

Note：

1. 先提及看電視是目前的最主要娛樂，隨後提出作者自己的意見，反駁看電視其實是浪費時間，雖然有些電視節目可以增廣見識。

2. 說文解字：

prime	[praɪm]	(adj.)	主要的
get addicted to ～			沉迷於～
notorious	[no`torɪəs]	(adj.)	惡名昭彰的
horizon	[hə`raɪzn]	(n.)	視野
amass	[ə`mæs]	(v.)	累積
a diversity of ～		(phr.)	各式各樣的
squander	[`skwɑndɚ]	(v.)	浪費

五、循序漸進法：先介紹概況，再將主題帶出

實例講解 5

　　In our society, **discrimination** appears in diverse forms. They involve **age discrimination**—which looks upon the young as **unfledged** and the aged as useless, **racial discrimination**—which treats colored people as inferior, and **sexual discrimination**—which **disdains** females.

Note：

1.在主題句中點出各種歧視，再介紹三種社會中常見的歧視—年齡歧視、種族歧視與性別歧視。

2.說文解字：

discrimination [dɪ͵skrɪməˋneʃən] (n.) 歧視
unfledged [ʌnˋflɛdʒd] (adj.) 沒經驗的
disdain [dɪsˋden] (v.) 輕視

7 文章結尾法的三種方式

1. 摘要結語 (summary)

Perhaps because television serves as such a powerful force, we have an inclination to criticize it and to be **fastidious** about its **deficiencies**. Nevertheless, the pluses of television should not be **bypassed**. We can use television to relax, to have fun, and to make ourselves smarter. This electronic wonder, then, is a servant, not a master.

Note：

1.摘要結語：對於整篇文章做一個摘要式的整理，以便讓讀者可以在結尾時得到一個完整簡潔的訊息。從這個摘要結語可以推測前面的段落在論述電視所帶來的壞處，但不可否認的是，電視同時也帶給我們好處。因此，在結尾時再強調一遍它的壞處與好處，並且下一個結論，我們要做電視的主人而不是做它的奴隸；也就是說盡量善加利用它的好處，摒棄它的壞處。

2.說文解字：

be fastidious about		(phr.)	挑剔
deficiency	[dɪ`fɪʃənsɪ]	(n.)	缺點
bypass	[`baɪˌpæs]	(v.)	忽視

2. 提出建議 (suggestion)

What type of language learner are you? If you are successful, you have probably been learning independently, actively, and purposefully. **Inversely**, if your language **proficiency** leaves much to be desired, you **may as well** try some of the techniques **outlined** above.

Note：

1.在結尾時提出建議，可以使整篇文章看起來比較有建設性，不只是批判而已。

2.說文解字：

inversely	[ɪn`vɝslɪ]	(adv.)	相反地
proficiency	[prə`fɪʃənsɪ]	(n.)	精通、擅長
may as well + Vr.～			最好～

3. 提出解決辦法

Besides the **enforcement** of stricter laws, moral education also plays a pivotal part in **prohibiting** crimes. Parents are supposed to set a **paragon** to their children—observing laws—not to violate any regulation. Teachers **never fail to** cultivate students′ legal concepts and **law-abiding** habits. Political figures are required not to take **bribes** and **illegitimate political donations**. **All stratums of**

society remain committed to forming a **benignant** social climate in which children can **take** law-abiding habits **for granted**. The rate of crime, in this manner, drops sharply, and people can free from the shade of terror.

Note：

1.在結尾時提出可能的解決方法，使整篇文章不僅批判而已，可以突顯出作者的獨立思考能力。從這個結尾語可以推測前面的段落論述治安惡化的問題。解決治安問題，除了嚴刑峻法之外，治根又治本的方法是從道德教育開始，從小養成法治的觀念，那麼犯罪率自然就會下降。

2.說文解字：

enforcement	[ɪn`forsmənt]	(n.)	執行
prohibit	[prə`hɪbɪt]	(v.)	阻止
paragon	[`pærəgən]	(n.)	模範
never fail to		(v.)	務必
law-abiding	[`lɔəˌbaɪdɪŋ]	(adj.)	守法的
bribe	[braɪb]	(n.)	賄賂
illegitimate political donations			不法的政治獻金
all stratums of society			社會各階層
remain committed to + N / V-ing			致力於
benignant	[bɪ`nɪgnənt]	(adj.)	良善的
take something for granted			視為理所當然的

8 拉字數的好朋友：同位語，絕不用坊間的爛句型

同位語定義：使用名詞、名詞片語、名詞子句，補充說明前面的名詞。

同位語的使用時機：

1. 補充說明前面的名詞。
2. 專有名詞、獨一無二的專有名詞、唯一的名詞或需要補充說明的名詞，可以使用同位語增加字數。

秒殺口訣 使用名詞同位語拉字數

實例講解

1. Obama, **the first black president of the U.S.**, （名詞同位語）proposes a bailout for domestic gigantic enterprises to pass through the global financial tsunami.

   歐巴馬，美國**第一位黑人總統**，對國內大企業提出紓困案，幫助他們度過此次全球金融海嘯。

Note：Obama（獨一無二專有名詞） = the first black president of the U.S.。

2. There is a widely-held perception **that the global financial tsunami is increasingly vehement**.（名詞

子句同位語）

有一種普遍上的認知是，**全球金融海嘯越來越激烈、兇猛**。

Note：a widely-held perception（需要補充說明的名詞）= that the global financial tsunami is increasingly vehement.。

3. The Internet has inaugurated a new era of innovative technology, **the digital age** that has brought us a type of unprecedented expediency.（名詞＋形容詞子句的同位語）

網路已開創嶄新科技的新世代—**數位化時代**已為我們帶來前所未有的便利性。

Note：a new era （需要補充說明的名詞） = the digital age。

⑨ 介詞片語開頭：增加句型的多樣性

1. Because ＋ S ＋ V ～ 代換為 In virtue of ＋ N ／ V-ing

實例講解

Because she is sick, she declines any invitation.
= **In virtue of** her sickness, she declines any invitation.
因為她生病，所以拒絕任何的邀約。

Note：相同片語：because of, on account of, by dint of, thanks to, owing to, due to。

2. not only A but also B 代換為 In addition to ＋ A, B ～，或 As well as ＋ A, B ～

實例講解

Smartphones not only bring people convenience but also perk up economic activities.
= **In addition to** bringing people convenience, smartphones perk up economic activities.
= **As well as** bringing people convenience, smartphones perk up economic activities.
智慧型手機不僅帶給人們方便，同時也活絡經濟活動。

Note：相同片語：besides, aside from, apart from。

3. Although + S + V ～ 代換為 Despite + N / V-ing

實例講解

Although he is wealthy, he is not happy at all.

= **Despite** his wealth, he is not happy at all.

雖然他很有錢，但是他一點都不快樂。

Note：相同片語：in spite of, with all, for all。

4. If + S + V ～ 代換為 Providing / Provided that ～

實例講解

If the economic malaise continues, people will have to live a belt-tightening life.

= **Providing that** the economic malaise continues, people will have to live a belt-tightening life.

如果經濟不景氣持續下去的話，人們將必須過著勒緊褲帶的生活。

Note：相同片語：Suppose / Supposing that ～, In case of ～ / In case that ～, On condition that ～。

5. As soon as ～ 代換為 Upon (On) + N / V-ing ～

實例講解

As soon as I arrive there, I will give you a call.

= **Upon arriving** there, I will give you a call.

我一抵達那裡，將會打電話給你。

6. When ＋ S ＋ V ～ 代換為 In ＋ N / V-ing ～

實例講解

While I was driving, she called me.
= **In my driving**, she called me.
我在開車時，她打電話給我。

7. Before ＋ N 代換為 Prior to / Anterior to ＋ N

實例講解

Before this winter, I will have been a college student.
= **Prior (Anterior)** to this winter, I will have been a
  college student.
我在今年冬天之前，將已經是個大學生。

8. After ＋ N 代換為 Posterior to ＋ N

實例講解

After the summer, I will find a part-time job.
= **Posterior to** the summer, I will find a part-time job.
我在夏天過後，將會找個兼差的工作。

文法篇 單字篇 閱讀篇 英文寫作篇 英文好，人生是彩色的

⑩ 插入句的寫法

雙逗點前是主詞，雙逗點後是動詞。

1. 形容詞子句、片語

<u>Taipei City</u>**, which is earmarked by various night markets,** <u>attracts</u> myriads of visitors annually.
台北市有很多具有特色的夜市，每年吸引很多的觀光客。

2. 分詞構句、片語

<u>Taipei City</u>**, earmarked by various night markets,** <u>attracts</u> myriads of visitors annually.
台北市有很多具有特色的夜市，每年吸引很多的觀光客。
Note：將形容詞子句中的關代主格與be省略，即成為分詞片語。

3. 副詞子句、片語

<u>I</u>**, when young**, <u>liked</u> to go to the movies.
我年輕時喜歡看電影。
Note：原句為 When I was young, I liked to go to

240

the movies. 把副詞子句改成分詞構句，再將其插入主詞後。

4. 同位語

<u>Professor Lee</u>**, a linguist at Harvard University,** <u>is conducting</u> a research relevant to phonetics.
李教授是哈佛大學語言學教授，正在做語音學相關的研究。

5. 不定詞片語

<u>The boy</u>**, to support his family**, <u>has to work</u> at least 12 hours a day.
這男孩為了養家活口，必須一天至少工作十二小時。
Note：原句為 To support his family, the boy has to work at least 12 hours a day.

6. 介系詞片語

<u>This actor</u>**, in addition to his excellent acting,** <u>is renowned</u> for his benevolence.
該名演員除了優秀的演技之外，也以善心聞名。

第五篇

英文好，
人生是彩色的

CHAPTER FIVE

① 小護士英文好，轉換跑道當英文老師

　　在台灣，護理師一般的薪水大概在 40K 以上，如果值大夜班，薪水可以衝到 50K 以上，相較於一堆領 22K 的行業，薪水相當不錯。但是，為何台灣卻面臨了護士荒，很多護士都轉換跑道呢？原因是台灣的護士工作量過大，操勞過度，小護士因為工作過勞而回去當「小天使」的新聞時有所聞，這也促使很多護理師不得不放棄自己的專業，培養第二專長。

　　護理師只要身材夠高，中等美女以上，英文不錯，空姐往往是她們的最佳轉換跑道，因為護理師擁有專業的急救技術，考空姐時有加分效果。我在補習班的學生不乏護理師或者是護專學生，她們來上英文課除了升學目的外，最主要是加強自己的英文能力，考好多益（通常各家航空公司要求多益成績須達到 650 分以上），順利錄取空姐。其中令我印象最深刻的是一位北部知名護專的學生，因為傑出的英文能力讓她轉換跑道—教英文。

　　這位同學是來上我的插班大學外文系課程，專四就來聽我的課，而她的英文能力很快就引起我的注意。起初我以為她是應用外語科的學生，後來在詢問之下才知道她是護專的學生。我很好奇，以她的英文應該可以輕輕鬆鬆地考過多益 650 分的門檻，畢業後考上空姐應該不是難事？

　　但是她跟我說她很喜歡英文，想要當英文老師，於是我就問她：「那為何不讀應用外語科呢？」

　她回答：「因為媽媽要我學習一技之長，希望我讀護專，再加上我的二姐也讀護專，畢業後一個月可以賺4、50K以上，讀護專是我的第一選項。」

　我再問她：「那妳自己喜歡讀護專嗎？」

　她立即搖搖頭說：「我讀得很糟，已被當十科了！去年我與母親攤牌說要休學一年，本來不想再讀了，後來媽媽說若我順利畢業，她可以允許我插大轉考外文系，在這樣的約定下，我才復學。」

　她的英文程度在還未來上我的課之前已經有一定程度了，在專三時她通過全民英檢中高級的初試與複試（台北國立一級大學要求非外文系的學生，畢業門檻須通過該試的初試），順利取得證照，多益也拿到金色證書（總分990分，900分以上即可取得證書）。她唯獨比較差的是英文寫作，剛開始寫的時候，真是像《笑傲江湖》裡的令狐沖一樣，「體內六道真氣亂竄」，後來她花了一段時間才把那六道真氣控制住，靈活地運用自如。

　兩年後，她參加外文系轉學考，因為在護專的被當課程須重修，加上外文系有一科專業科目她從未上過，雖然英文與英文作文的分數很高，其中應考中山大學外文系時英文作文考了99分，但是，因為專業科目的關係，最後她只考取北部某所知名私立大學的英文系。同時，她也把護專重修的課程修畢，順利從護專畢業，並且考取護理師證照。

　她考取護理師證照並不是想要從事護理師的工作，只是她花了這麼多時間、精力才能從護專畢業，不拿取證照真的對不起自己與支持她的家人。

　轉學考後，她憑藉著優異的英文成績，被一家升學補習班破格錄取當英文老師，收入不錯！目前她正在準備畢業後報考

245

外文研究所。

　　她時常對我說：「我所有科目都不靈光，唯獨精通英文這一科。」

　　我告訴她：「與其什麼都懂一些，不如只專通一樣，並且徹徹底底把這件事情做好。」

　　讀護專並不是她的興趣，她還是硬著頭皮拿到畢業證書與護理師證照，但她在英文中找到自信與快樂。所以她常說：「英文豐富了我的生命，使我的人生變彩色了！」

Make a Fortune：自己的命運自己賺！

小護士英文好，轉換跑道，當上英文老師，她之後也介紹她的大姐來上我的托福作文課程。

原先我並不知道她是小護士的大姐，因為她的作文用字遣詞與我教的風格幾乎一模一樣，唯一不同的是她使用很多贅詞，於是引起我的好奇，所以在發放回家作業時，特別與她一談，才知道她是小護士的大姐。

這位同學商專畢業後插班大學，考上政大財經系，畢業後在國內一家知名投顧雜誌當財經編輯。她之所以來上我的課是因為工作太過操勞而累倒了，索性把工作辭掉，打算出國讀個財經碩士回來，找到一個更好的工作。

其實她出身名校，英文有一定的程度，唯一的缺點是寫英文作文時常會出現中文思考模式與贅詞，經過我每週幫她改一篇作文後，這兩種情況已改善許多。

後來她突然消失在課堂上了！隔了一陣子她又出現才跟我講，已找到一家外商公司的工作，負責展覽業務。

大概一年後，她與妹妹又再度來上我托福寫作的課程，從閒聊中我才知道她現在的工作薪水超過 40K 以上，她大學畢業才三、四年，就已經有這樣的薪水，在同學之中已經是佼佼者了！她的業務主要是與外國人接觸，所用的語言當然是英文，而當初公司會聘她，除了出身名校之外，最重要是看中她的英文能力。

在學生時代，她已得到全民英檢中高級的證照，取得多益850 分以上的成績，所以她的薪資與英文能力成正比。其他同學因為沒有英文中高級以上的英文檢定證書，薪水多半只能停留在 2、30K 左右。

由於她的英文能力佳，常被公司安排出國洽公，她之所以再來上托福課程，並不是想出國留學，而是想取得托福成績100 分。托福考試分成聽、說、讀、寫，每一項各占 30 分，總分 120 分。若想取得 100 分，每項分數必須至少 25 分，這並不是簡單的事情，她想取得這樣的成績當然是為了自己的前途，想藉此當作一個跳板，以獲得更好的職位，薪水三級跳！

她在職場上已體會到良好的英文能力帶來的好處，所以她不斷地投資自己，提升自己的英文能力，同時也提升自己的薪水。

我常跟學生講，與其怨嘆一個月領 22K 的薪水，不如加強自己的專業與英文能力，如此一來，22K 這種事情就絕對不會發生在你的身上。王品食品集團董事長曾經公開呼籲年輕人，只要英文能力好，歡迎到該集團工作，保證三年後年薪 1000K！所以，你想一個月拿 22K 或一年拿 1000K 以上，與其說由公司決定，不如說由你自己決定。**英文中的 make a fortune 除了有賺錢的意思之外，fortune 同時也有「命運」的意思，暗示了自己的命運自己賺！**

③ 全球化英文：真愛無國界

　　我第一次看到 A 同學是在升外文研究所補習班的翻譯課上，起初我們並無太多的交集，她唯一讓我注意的是在上課時一直在改考卷，偶爾也會在下課後問我一些問題。從她的問題中我可以感覺到她的英文不差，發音也滿好的。之後，她和幾個志同道合的同學組成讀書會，她們會在休息時間問我一些問題，因此也就越來越熟了。

　　自小，A 同學的父母就致力於培養她的英文能力，讓她讀雙語幼稚園、上美語補習班，大學時她主修「家庭與小孩教育」，副修英文，畢業後憑藉著流利的外語獲聘在北部一所知名的私立小學當英文老師，由於課務繁忙，只好在課堂上一面改考卷，一面聽我上課。

　　經過將近一年的努力之後，她順利考上幾間國立大學英文教學所，最後在我的建議之下，選擇台北市立大學英文教學所就讀。那年寒假，她參加了美國加州大學爾灣校區的英文教學研習營，還遇到她的 Mr. Right。

　　我們一直保持亦師亦友的關係，也知道她的戀愛史。她長得漂亮，個性開朗又大方，身邊不乏男生追求，但是一直沒有碰到真命天子。

　　她說在美國透過朋友的介紹，認識一位從小生長在美國的越南華僑，目前在 IBM 擔任電腦程式設計工程師。在那短暫的一個月之內，他們的感情升溫得很快！

　　我問她：「他會講中文嗎？」

　　她回道：「他在美國出生、長大，是道地的美國人，只會

說英文，所以我們都是用英文交談。」

畢竟分隔兩地，"long-distance love" 並不容易，他們靠著視訊，維持這段戀情。後來，她在我的建議之下休學，轉而準備考取中文教學證照，以便日後在美國教中文，因為現在美國人「瘋中文」，教中文對於華人來說是不錯的發展。

華人在美國教中文一定要有當地所核發的證照，而且英文要流利，跟老外來台灣教英文明顯不同。我們絕大部分的英文教學機構或家長們普遍認為，只要「白種人」即是美國人，就一定會教英文，所以台灣的外籍老師良莠不齊，甚至有外國通緝犯來台灣教英文這樣匪夷所思的事情發生。

經過一番努力之後，她順利取得中文教學證照。隨著她考取證照，這段戀情也有了好的結果，她和男友決定步入結婚禮堂。我很榮幸應邀當他們的證婚人，見證這樁異國婚姻的 "Happy Ending"。

我常以這個例子跟其他學生講，或許我們都認為學好英文只是要謀生，找一份好的工作，但事實上，有不少人因為「好英文」讓他們遇見遠在他鄉的人生伴侶，就如同我這位學生一樣，「好英文」不僅讓她找到理想的結婚對象，也讓她在美國可以合法教中文，不用像早期的華人一樣窩在餐廳裡當廉價的洗碗工，或做一些出賣勞力的工作。

另一位讀書會成員 B 同學，她畢業於一所私立大學傳播學系，擔任兒童美語老師。她之所以報考研究所最主要的目的是「漂白學歷」，讓她變成「科班出身」，可以名正言順地教英文。

經過一年努力，她考上了政大亞太英文研究所。該研究所比較偏向政經方面，而且是國際研究所，同時招收外國學生，

全英文上課。在開學不到一個月的時間，一位來自美國的同學對她展開了熱烈追求，兩人很快地墜入情網，隔年七月步入禮堂。

　　有了先生協助，並且扮演英文老師的角色，矯正她的英文用法，教她講道地的美式英文，寫完 paper 之後幫她修改，她的英文能力也大幅提升，除了在美語機構教書，同時也在雙語幼稚園任教，收入不錯。而她的先生也在北部一所知名的貴族小學擔任英文老師，打算在取得碩士學位後在台灣落地生根，當個「正港的台灣人」。

④ 英文是一種謀生工具

　　很多學生自小開始學習英文時，往往覺得上英文課比上中文課有趣多了！不管是學校或者坊間的兒童美語機構，老師皆以寓教於樂的方式，在遊戲中學習英文。比較有財力的美語教學機構甚至會營造不同的英文情境，例如機場、醫院、超級市場、百貨公司等，讓學生可以身處在擬真實境中，自然而然地學會英文。

　　我甚至親眼目睹兒童美語機構聘請外師，一面上英文課一面表演魔術，小孩子看得目瞪口呆，整堂課毫無冷場，場場爆滿。反觀，我們從小上中文課時，不見老師精心設計發明記中文字的方法，也不會藉由遊戲互動讓學生上課時不覺得無聊，快樂學習中文。英文有「ABC 字母歌」，但中文好像沒有「ㄅㄆㄇ注音符號歌」，至少我在小時候從來沒有聽過也沒有唱過！

　　但在快樂的環境中學習英文，英文能力就能水到渠成？

　　目前三十歲以下的台灣人，絕大部分自小開始學習英文，但是在亞洲國家的國民平均英文能力卻是倒數的！如果上述這些方法這麼有用，台灣人的英文能力應該是沒什麼好挑剔的(There is little to be desired.)，不過台灣人的英文能力常讓跨國大企業或者是國際評比機構搖頭，無法與台灣的先進科技產業成正比！這套兒童美語教學法已行之有年，成效似乎與小孩的年齡成反比，年紀越小越有成效，年齡越大成效越小。

　　很多老師會怪罪台灣的升學制度扼殺了小孩學習英文的興趣，於是這套方法變本加厲地繼續施行，兒童美語教學研討會已變成「英文教具」的發明大會，越是新穎、能夠吸引孩童目

光的英文教具，越是受到青睞，加上在場的英文系教授推波助瀾下，此套教學法似乎已成為兒童美語教學的「金科玉律」。

然而，我們學習中文與英文的方式截然不同，沒有這些以「興趣為出發點」的教具或遊戲。從小到大，從升學考試到國家就業考試，哪一項重要考試不考中文呢？我們的中文能力遠比英文好，因為中文是我們的母語，當然比較簡單，猶如在大木桶裡射魚一樣 (like shooting fish in a barrel)! 事實上，真的是如此嗎？我們會聽中文、會講中文的本領是隨著年紀增長而日積月累的，我們身處於講中文的情境中，自然而然地多聽多講，於是養成了說中文的能力。我們很難跟別人講我們是如何會聽、講中文，但是我們可以很清楚告訴別人，自己是如何養成中文的讀寫能力。

我們可以回想一下，學習中文的讀寫過程，是否算是一件「快樂的事」。以我為例，小一開始學習注音符號，不會默寫，就會被罰寫，甚至會被打！每天寫中文作業，字跡太過難看，老師會要求重寫，寫錯字得罰寫，考試若考得不好還是得罰寫！到了中高年級時，每天必須寫日記，閱讀《國語日報》，背誦裡面文章的優美詞藻，寫出一篇圖文並茂的文章。反觀學習英文時，因為它不是我們的母語，所以使用一些有趣的方法或教具可以引起學生的興趣，此種做法無可厚非，但似乎讓小孩有一種先入為主的觀念「學習英文比較有趣，學習英文等於是玩遊戲」。其實任何語文的學習都不是件簡單與快樂的事，等到他們學習到中階英文時無法再以輔助遊戲與有趣的教具，很多學生無法適應學習英文即是「背誦大量的字彙，學習文法，大量的閱讀，學習英文寫作邏輯、技巧」，所以開始排斥英文，不再對英文抱持熱忱的態度。

國外曾經有一份報告針對美國小孩自小觀看《芝麻街》

(Sesame Street) 的英文教學節目,對於英文能力養成是否有顯著的幫助。從問卷調查來看,很多成人雖然自小觀看這個節目,但是大部分的人只記得大嘴鳥如何搞笑而已,至於學習英文並不是觀看此節目的最大目的。

我在大學長期開授「研究方法」、「翻譯」等課程,這些課程都在專業的電腦教室上課,隔壁教室是英文會話教室,每當聖誕節前夕,外國老師皆會舉辦類似 "party" 的活動,好不熱鬧。反觀我的課因為接近期末,同學需交「研究方法」的 "term paper"(期末報告),好不忙碌。

此時,我的學生很難不受到隔壁教室所帶來的佳節歡樂氣氛所影響,紛紛要我仿效外國老師,也舉辦聖誕 party。

我通常都會請他們要求隔壁外師來上我的課,而我去上會話課,我加強語氣說:「要是我能上會話課,聖誕 party 就拉到校外去 KTV 唱歌!」然後接著說:「請外國老師來上研究方法時,請他們載歌載舞!」

學生們聽到我這樣講,通常就會安靜下來繼續上課,因為他們可以理解,中高階以上英文課程是無法像英文會話課一樣「載歌載舞」。

我每次去參加兒童英文教學研討會時,真的很想舉手問那些所謂的專家學者們,他們學習英文的方法是否跟他們所提的理論是一樣的?至少,我並不是這樣學習英文的。

因為自小家貧,我到國中才開始學習英文。國小畢業那年暑假,比較有錢的同學會去補習班或老師家學習英文字母與基本文法,我當然沒錢去上這些課程!

第一次接觸到寫英文字母是在國小畢業那年,有一天電視台轉播我國少棒隊在美國威廉波特與美國少棒隊爭冠的比賽,當晚我與大我三歲的姐姐守在電視機面前,她突然問我,會不

會寫英文大小寫字母與書寫體，我就跟她說：「沒人教我，我當然不會。」

她說：「我教你好了！」於是，她就拿出紙筆教我怎麼寫英文字母的大小寫，但是只學到一點點，轉播時間到了，我的第一次學習英文也就這樣草草結束了！

國一開學後，第一節上英文課時，英文老師一進門就要我們拿出紙張來寫出英文字母大小寫，雖然不算分數，但是對我來講也是一種壓力，我只會寫我姐姐那天晚上教我所寫的那幾個字，交卷時還被同學嘲笑：「這麼簡單！你怎麼不會寫！」這位同學暑假時有去小學老師那邊補習英文，當然會寫。

那天回家後，我拿著新發的課本就這樣一個字一個字地練習寫，寫到深夜。而老師以為我們大部分的人都已有基礎，所以也不從頭開始教。

對於完全沒有英文基礎的我而言，英文簡直是「無字天書」。我第一次的英文月考只考了 88 分，大部分的人都考100 分，這件事還被我二哥嘲笑，他說：「國一第一次英文月考可能是一個人一輩子當中，英文考試唯一滿分的時候，你怎麼才考 88 分？」

由於這次的挫敗，我去求助大哥，而我大哥拿出我們家唯一的英文參考書《柯旗化新英文法》，說：「聽說考醫學院都得讀這一本！」於是，我就從這一本書開始我的英文學習之旅。這本書的章節眾多，我也不知從何開始，心想已落後人家許多，所以不想從第一章節開始，在閱讀目錄時，發現有一個章節叫作「句」(sentence)，介紹英文的八大詞類與句子的種類，因為英文句子我根本不懂，所以從此章節開始，字字細讀，看了好幾遍。它的題目我也做了好幾遍，再加上勤背單字，從此，英文這一科在我求學的過程當中不再是 "a stumbling stone"

（絆腳石），而變成 "a stepping stone"（墊腳石）。

　　當初嘲笑我的那位同學，在國一下學期時即放棄英文，因為他原本以為英文就像是字母大小寫那麼簡單，一旦它開始變難的時候，他就無法適應，一輩子都被英文所困。正如我二哥所講的，這位同學英文最好的時候，只有在國一的第一次月考，自此之後，每況愈下。

　　我們經常在報章雜誌上看到有人年紀小小就通過中高階英文的檢定考試，大家是否曾經留意他們學習英文的方法呢？沒有一個人是按照上述所提到的「趣味英文學習法」來學習英文！他們大多是父母自小有計畫栽培，觀看 Discovery 或國家地理頻道，閱讀英文小說如《哈利波特》(Harry Porter)，與英文報章雜誌如 China Post《中國郵報》、TIME《時代雜誌》、New York Times《紐約時報》，聆聽 CNN、BBC 英文新聞；看英文電影時只看英文字幕，或者不看字幕，只聽英文對話。藉由這些方式累積大量字彙，訓練英文聽力、閱讀能力、寫作技巧，最重要的是可以擺脫英文教科書的英文，進而講出道地的生活化英文。

　　英文對於數位化時代 (The digital age) 來講，不僅僅是一種溝通工具而已，同時也是一種謀生工具。既然英文是一種謀生工具，那就代表著學習英文絕對不會是「學英文不用背單字」、「三天學好英文」、「躺著學英文」，因為任何一種謀生工具都不是容易輕鬆學習的，必須先按部就班地打好基礎，基礎穩固了，才有可能持續精進。

　　我有一位國中同學，國二轉進我們班，我們班是當時所謂的「升學班」，課業壓力非常重，可以說是從早考到晚。

　　這位同學不論是小考、大考，幾乎英文都考 100 分，但是數理科目相當不好，幾乎都不及格，還惹來班導的嘲諷，希望

他多挪出一些時間讀數理。

我們經常一起回家，在閒聊時他說他的父母皆是中高階公務人員。我問他：「為何你的英文這麼好？」他告訴我，自小學起，父母便請外籍老師到家裡教他英文，每天背英文單字、讀英文報紙、看英文電影與影集。

難怪他可以講一口流利的美式腔調英文！在我們那個年代，國中生可以講一口流利的英文少之又少，英文老師常稱讚他的英文能力已可媲美國立大學的學生。

由於他的數理能力不好，未能考取理想的公立高中（那時台北的公立高中只有八間），於是他就讀一所以升學著名的私立高中。考大學時我以為他會以英文系為第一志願，但是他父親認為他的英文能力已足夠，於是以法律系為第一志願，如願進入北部一所私立大學法律系就讀。

畢業後不久，他考上律師，專門處理「著作權」的官司。由於著作權當時是一種新興的觀念，專門處理這種官司的律師不多，再加上當時新竹科學園區蓬勃發展，台灣的科技業也隨著台灣的經濟起飛而快速發展，在國際上取得一席之地。由於高科技產業的專利權官司往往是國際官司，因此他的傑出英文溝通能力再配合專業知識，讓他在業界享有盛名，年紀不到四十歲已經是一家國際律師事務所在台的副總經理。

他時常跟我講：「我小時候幾乎沒有童年，別的小孩在玩耍時，我在背英文單字，讀英文報紙，非常羨慕別的小孩可以自由自在地玩樂。」但是，他現在可以年紀輕輕住豪宅，開名車，出國到處遊玩，真的很感謝父母自小培養他的英文能力。

好的英文能力讓他在職場上無往不利。我也時常以這個例子勉勵同學，「英文是一種謀生工具」，如果學初階的英文即能應付工作，相對的，薪水也不會如你所願，例如餐飲接待人

員的英文能力只要可以應付一些基本的餐飲英文即可，薪水比較低！但是，如果你的工作需要進階的英文能力，薪資就會如同我的律師同學一樣，水漲船高！

小時候，我家樓上有個「阿桑」，國小沒畢業就到天母外國人的家裡幫傭，因為是大姐帶她一起去幫傭，所以大姐就幫她惡補了幾句簡單的台灣式英文會話。過了幾年之後，她開始獨立幫傭，薪水是一般幫傭的好幾倍，也累積了不少的存款。

她有個女兒讀書讀得並不好，原本我以為國中畢業後，阿桑會帶她去天母外國人家裡幫傭，但阿桑卻花大錢讓她讀一所私立高職，再花了好幾百萬，送她去澳洲讀大學、學英文。後來她在澳洲結識一位馬來西亞的華僑，結婚後，先生順利考取律師，回到馬來西亞執業。由於他們的英文能力佳，律師事務所專門處理外商的案子，收入頗豐。

有一次我與阿桑聊天時，誇她有遠見，送女兒去澳洲學英文，如今又嫁一個好郎君，每年回國一次，都給她很多錢！

她說：「那時我幾乎把所有的積蓄拿出來給女兒去澳洲學英文，有些人勸我這樣做不可行，但我認為，雖然在外國人家幫傭薪水較多，可也比較辛苦，外國人做事比較嚴謹，實事求是，有的外國人甚至把我當作奴隸來使喚。」

她挽起褲管露出雙腿膝蓋說：「我的雙腿膝蓋因為長期站著，負荷不了，幾年前已換了人工關節，領有殘障手冊。」接著說：「由於長期在外國人家裡幫傭，看見一些講得一口流利英文的台灣人，薪水比起一般人高出許多，所以我覺得女兒即使讀書讀得不好，只要學會英文，就可以像他們一樣領那麼多錢，所以拿出存了好久的養老金，送女兒去澳洲學英文。現在女兒過得不錯，也懂得回報，我覺得很欣慰。」

阿桑雖然沒有讀過很多書，但是她早在二十年前就已看出

英文是一種「超給力」的謀生工具，既然是謀生工具，就得投資金錢、時間、心力，方能取得。

我在大學教書時曾在資管系教授大一英文，認識了一些電腦老師，其中一位老師的英文不太靈光，考資工系博士班時，因為考題全是英文、必須以英文作答，連考四次，都名落孫山。

我時常跟他開玩笑說：「國父革命十次才成功，你才四次，再接再厲！」後來他與我們系上的一位老師談戀愛，也順利娶得美嬌娘。經由太太幫他進行「英文能力大改造」後，終於在第五次成功考取北部知名國立大學資工系博士班。

他體會到英文好的好處多多，也在國際期刊上發表好幾篇英文論文了！因此，**他經常對學生講：「讀電腦，英文是不可或缺的工具，若英文不好，就無法與最先進的電腦知識接軌。」**

我在補習班教書時，認識了兩位會計老師，一位老師本身也是會計師，在會計師事務所專門處理外商公司的會計事務，同時也在國考補習班與升研究所補習班任教。另外一位老師雖然也是會計師，只能在國考補習班任教，收入比前者少很多，原因就是出在英文上。前者英文好可以處理外商事務，也可以教授會計研究所考生，因為多數大學的研究所考試皆以英文出題。而後者英文不好，只能處理國內會計業務，在國考補習班任教，國考的試題皆以中文出題，也因此業務範圍與可教授的範圍受限，收入當然不及前者。

同樣地，英文不好，在報考新聞、傳播研究所，也會吃很大的虧！國內的新聞、傳播類研究所的英文比重與專業科目一樣，各占一百分，而且專業科目多半是背科，考試門檻不高，因此有不少別的科系的學生轉考。

考取此類研究所的決勝關鍵還是在英文，所有科目中鑑別度比較高的只剩下英文這一科，結果台大、政大新聞研究所每

年錄取的新生至少一半是外文系的學生。連他們的專業科目老師也一直苦口婆心地講，即使專業科目考得再高，英文考砸了，還是會被拒於門外。英文好的學生在考此類研究所時，占了非常大的優勢，考上的機率遠比那些英文不好的學生高出許多。

前幾年，我有一位政大中文系四年級的學生轉考新聞研究所，她憑藉著自小培養的英文能力，過五關斬六將，連續考上台大與政大新聞所的榜首，發表錄取感言時也一再強調英文的重要性，英文不好，一定會慘遭滑鐵盧。

我每年在補習班開授的英文課，新聞、傳播類的學生占了一半以上。他們深知英文是考取此類研究所的關鍵，若英文不好，先輸一半，若是英文在水準以上，金榜題名，指日可待。

很多人都認為，自小在英文為母語的國家長大，他們的英文能力絕對比我們 non-native speakers 強。

有學生與家長問我這個問題，通常我會反問他們：「你從小在講中文的環境下長大，你會講中文，但是你是否能寫出一篇令人讚賞的文章？」

大部分的人聽了都沉默以對，因為我們大多數的人充其量只是會講中文，並不是每個會講中文的人都可以寫出好的文章。

我在美語補習班常遇到已經在國外生活好幾年的學生，因為申請美國的大學時需要托福成績，所以專程回來補托福，尤其是補英文作文。那些學生聽說能力都不錯，唯獨只有寫作令人不敢領教！ 他們寫的作文最大的毛病在於口語化，文法錯誤百出、用字太淺，通常經過我的調教之後，他們都能在英文作文上取得想要的成績。

其中一位學生令我印象深刻，他自小在加拿大長大，高中時才回台灣，就讀應用外語科。

　　我跟他閒聊時才知道他為何不繼續在加拿大讀高中，因為只有英文好，在那邊並沒有多大的發展。在台灣，英文好可以就讀外語系，也可以找到好工作。

　　同樣地，他所面臨的問題還是英文作文的問題，他來上我的課的時候，已考了兩次全民英檢中高級的複試（考作文、中英翻譯、口說），但是皆卡在英作與翻譯上不能過關。

　　他認為既然花錢上補習班，應該可以助他更上一層樓，毅然決然地選擇挑戰全民英檢高級。他會選我的作文課是因為我不像其他的老師，大部分的時間都在講文法，我在上課時會實際教同學如何寫作文，鉅細靡遺地批改學生的作業，在課堂上點出同學作文的優缺點，指導他們如何修改邏輯和內容不通的地方。

　　他第一次交作業給我批改時，我就已經知道他的毛病，跟上述所講的缺點所差無幾。然而，他一開始還是我行我素，不見有任何改善，有次下課後，我特別找他一談，他的情況還是未見好轉，我就請補習班的專員轉告他：「若不照我所教的方法來寫，一定過不了關！」結果不出我所料，他第一試（聽力、閱讀）過關，卻還是卡在英作與翻譯上。

　　後來他痛定思痛，照我的方法寫，在考第二次時過關了，也創下高二生通過全民英檢高級的紀錄（全民英檢高級，每年只有八十人左右通過，它等同於外國 A 咖人士的英文程度，也就是外國研究所以上的英文程度）。

　　我常跟學生講，會講英文是一回事，會讀、寫英文是另一回事。前者只要置身於說英文的情境中，遲早都會聽講英文，但是讀、寫英文，連 native speakers 也需要後天學習才行。

　　英文對於 non-native speakers 已是不可或缺的謀生工具，所以，大家需正視它。依照工作上的程度需求，英文程度的需求也不同，程度需求越低，相對地，薪水也就不高；但是程度需求越高，薪水也就越高。

5 不願面對的真相：
英文是一種考試工具

很多專家學者大聲呼籲，學習英文千萬不要以考試為導向，如此一來，會扼殺莘莘學子學習英文的興趣。因此，國人英文程度長久以來一直無顯著的進步，罪魁禍首就是以考試領導教學，不以實用為目的。

然而，很弔詭地，除了在幼稚園階段學習英文時比較不受到考試的牽制，進入國小後，一直到就業考試，英文從不缺席。

換句話來說，假如讀英文的目的之一不是考試的話，那麼進不了好的高中，因為國中生即要參加全民英檢初級的考試，有的家長為了不使小孩在高中階段的英文程度落後於同儕，都會要求他們考過全民英檢中級（原本是給高中生應考）。

我在美語補習班教授全民英檢中高級（原本是給大學生應考）時，碰過年紀最小的學生是國一生，如此誇張的「揠苗助長」，難道只是父母們望子成龍、望女成鳳的心態嗎？與整個教育制度無關、與那些制定英文教育課程的專家學者們無關嗎？

大學入學考試中心自 102 學年度加考英文聽力測驗，馬上有一堆大學附和，並採取該項成績為大學入學依據。大學入學中心是由那些所謂專家學者所組成，他們一方面反對以考試領導英文學習，一方面又制定各種形形色色的考試，瘦了學生家長的荷包，肥了大學入學中心，也肥了那些所謂的專家學者們！

學習英文，真的可以與考試脫鉤嗎？我們可以看看，一個

孩子從國小到長大就業，到底要考多少英文考試？ 在此，先不論學校或制度上的正規考試，只算英文檢定考試，你就會發現，一籮筐的英文考試像惡魔靈魂一樣附身在我們的英文教育上。

小學六年級時，年滿十二歲即可參加全民英檢初試，家長們或英文老師便鼓勵孩子們應考。上了中學，為了讓孩子在升學甄試中脫穎而出，又要求他們去考全民英檢中級、甚至是中高級。進入大學後，原本以為可以喘一口氣，然而更難應付的英文考試在後面等著大一新鮮人。開學前後，大一新生被要求參加學校自辦的英文檢定考試，以便於安排適當的課程或補救措施，若能通過此項測試可以免去修習大一英文課。

若你想要當交換學生，可能要提早考托福（美國） 或雅思（大英國協）。北部國立大學一般科系的學生，在大學畢業前，需通過全民英檢中高級的初試。就業時，大多數企業都會要求社會新鮮人必須考 TOEIC（多益），按照工作性質的不同，對於分數等級的要求也有所不同。

若要出國留學則必須考托福或雅思，如果去美國留學的話，理工科需加考 GRE；而商學院則需加考 GMAT，此兩種考試都比托福難。若不繼續深造，想投考公職，自初等考、基層特考、普考、高考、銀行特考、行政警察特考、調查局特考、司法官特考、民航局特考、外交官特考皆考英文，依薪資或等級高低，英文考試程度也有所不同。

人人稱羨的國營企業，台電、中油、鐵路局、郵局、中鋼、健保局，無一不考英文。身處於全球化與數位化時代，我們很難與英文考試脫鉤，即使國內的機構不考，國外機構還是照考不誤！因此，我很誠懇地呼籲學習英文包含著許多目的，其中一項便是考試，不要再自欺欺人了！政府高層、高科技的決策

階層、專家學者們，有誰不是從那些林林總總的英文考試脫穎而出？若是上述這些人帶頭喊「不要讓考試引導我們的英語教學」，在我看來，只是一種「吃到葡萄卻說葡萄酸」的既得利益說法，他們的言論只是出自媚俗的心態而已。

如果可以大大方方地承認，學習英文的其中一個目的是考試的話，那就可以對症下藥。以新加坡為例，他們的英文考試不比我們少，一樣有升學考、檢定考、就業考，而且從小得考英文聽、說、讀、寫，為何他們的國民平均英文能力要比台灣人好呢？因為英文是新加坡的官方語言 (official language)。也就是說，在新加坡講英文也會通。

新加坡人自小學英文，不同的是，他們有講英語的環境，英文已融入他們的日常生活中，多聽、多講、多使用，自然而然就養成了說英文的習慣。

曾經有一份雜誌針對全球 500 大企業經理人做過一項問卷調查，最喜歡去亞洲哪一個國家任職，結果最受歡迎的國家就是新加坡，原因是在新加坡講英文也可以行得通！反觀台灣，為何會給人一種「考試領導英文教學」的印象呢？最主要的原因是台灣並沒有營造出講英文的日常生活環境。我們平常以中文或台語為主要的溝通語言，英文只是在特定商務或學術環境下才使用。除此之外，公共場所雖有英文標誌或說明，但時常錯誤百出，我曾經在台北市某公共場所看到一個警告標誌寫著提防強風大雨，其中「強風」寫著 "great wind"，這是從中文直譯過來，正確的講法應該是 "strong winds"。

我們不常聽、講、使用英文，英文對我們來講始終是陌生人，由於英文「不輪轉」，再加上又有一堆英文考試，所以怪罪給這些考試是最快的方式，也是最容易引起共鳴的。

台灣有些大學如政大、元智等校的商學院，自大一起，所

有的課程皆以英文上課，考試也是以英文出題，以英文應考。雖然剛開始學生們或許不能適應，但是他們會強迫自己努力聽得懂老師的英文授課內容，在下課後也會私下加強英文聽、說、讀、寫能力，或組成讀書會，以英文互相討論，事先預習上課的內容與單字。因此他們在大四時英文能力有顯著的成長，可以應付各項升學與就業的英文考試。

台灣的主要都會地區都設有美國學校，也提供本地學生就讀，不過所費不貲。這種學校標榜著課程教材與美國當地同步，聘請專業有證照的外籍老師全英文授課，除了中文課之外，所有課程一律皆用英文教學，在這種環境下接受教育的學生長時間沉浸在英文的情境之中，能講一口流利的英文並不會令人太驚訝！

國內教育單位目前也舉辦了英文教學營，為期一個月，對象主要是高職生，因為高職生的英文程度普遍低落。在那一個月中，學生需住在營隊裡，天天密集上八堂英文課，也要求學生們使用英文討論某些主題。經過一個月下來，學生平均的英文程度都大幅度超越以前，甚至有人原本多益只考 200 多分，之後考了將近 700 分，短短一個月的時間內進步 400 多分。

大陸補托福的補習班也是以密集上課的方式，進行一個月的課程，學生同樣需要住校，天天上八堂課，過了一個月後，學生考托福時成績普遍皆可以在滿分 120 分中拿到 80 分以上，平均聽、說、讀、寫都在 20 分以上的水準，拿到 100 分的人也不在話下。

上述這些例子顯示出學生們在英文的情境下學習，有了環境的加持，多聽、多講、多使用英文，英文的能力自然水到渠成。

建立說英文的情境，好讓英文可以融入日常生活環境中，

講一口流利的英文，將不再是少數特定階級的人士擁有的能力。

對於 non-speakers 來講，英文考試與英文學習是一體兩面的事，無法清楚切割，與其將國人英文教育不彰怪罪於考試，不如民間、專家學者、企業、政府一同營造說英文的日常生活情境，如此一來，國人的英文能力自然會大幅提升，同時也可以提升國家的競爭力。

我從來不迴避讀英文目的之一就是參加各大大小小的英文考試，不是因為我在補習班授課才這樣講，而是在某種程度上它是事實，這也是很多所謂專家學者「不願面對的真相」。

教書二十多年來，我一直致力於如何讓學生可以較為有系統與有效地學習英文，在各種英文考試中「過五關斬六將」，達成升學或就業目標。

我在上一本書《秒殺英文法：你所知道的英文學習法 99% 都是錯的》第二章節：〈你所知道的英文考試方法 99% 都是錯的〉裡面，很詳細地介紹以 "sure-fire"（確實有效的）方法來解決英文各項考題，讓同學們不會白花精神、時間、體力、金錢在英文上，確實做到一分耕耘、「三分」收穫的高投資報酬率。

⑥ 善用英文逆轉人生

在教書二十多年的生涯中，我見到不少學生善用英文逆轉自己的人生，這些學生或許只有英文靈光，其他科目較不擅長，但是卻可以藉由英文發揮自己的長處，創造美好的「錢途」。

有一位學生從高職美髮科畢業，是我在大學夜間部兼課時所教的學生，原本當美髮師，後來因為工作辛苦，於是投靠移民到紐西蘭的阿姨。她的阿姨在紐西蘭也是開美髮沙龍，所以她一方面在紐西蘭當地的語言學校學英文，一方面在阿姨的美髮沙龍工作，賺取學費與生活費。三年後她回台灣，報考大學夜間部，順利考取外語系，白天工作，晚上讀書。

由於她在紐西蘭讀語言學校長達三年時間，英文已有一定的程度，所以很順利地在兒童美語機構教書。在校期間，她陸續通過全民英檢中高級、也得到多益金色證書；畢業後她更上一層樓，除了在雙語幼稚園任教，也在國中補習班擔任英文老師，月入八萬元左右。

畢業半年後，她回來學校找我，開著一台新車，還是現金購買的。她說：「當初離開台灣的美髮工作，跑到紐西蘭，雖然還是做美髮工作，但是在那邊讀語言學校，再加上當地有說英文環境，讓我原本很爛的英文，短短三年之中突飛猛進！我的高職同學大部分都還是從事美髮業，整天站著工作，用餐時間不定時，很多人年紀輕輕的就已經搞壞腸胃了！同學之中只有我轉業成功。教小朋友英文雖然不容易，但跟美髮業相比，時間比較彈性也比較輕鬆，最重要的是薪水比以前多很多。」

不久，不到三十歲的她以教英文所賺來的薪水購買一間電

文法篇　單字篇　閱讀篇　英文寫作篇　英文好，人生是彩色的

267

梯華廈，也結婚生子，過著幸福的生活。她常說：「英文原本與我是陌生人，現在變成再也親密不過的好朋友，我現在的種種一切都是英文給的。」

幾年前，我在大學轉學考補習班任教時，有一位男同學專科四年級就來上我的課，他就讀於北部一間名不見經傳的學校，那間學校學生的水準一向令人詬病。起初他的英文程度只比他的同學稍微好一點，後來經過我的整套「秒殺英文法」調教後，順利考上國立科技大學的外語系二技部，是當年他的同學之中考得最好的。

兩年後，他繼續來上我研究所的課，又特別到美語補習班上我所教授的托福作文課，結果考上知名國立大學外文所。在研究所就讀期間，他也以我所傳授的秒殺口訣教給他的家教學生。同樣地，他也是當初那些同學之中唯一考上研究所，而且已成為專科學校的榮譽校友。學校老師常以他的例子鼓勵學弟妹們，不妄自菲薄，努力學習英文。

我第一次看見這位同學時，他坐在補習班裡的角落，因為他總是課堂還未結束前就招手向我示意必須先離開，引起我的注意。期間他也常來問我問題，並告訴我上課先離開的原因。他說自己就讀新北市很偏僻的一所大學，最後一班公車在 9:30 發車，所以必須提前離開，才能趕上車。

這位同學非常用功，勤背英文單字，所以英文程度不錯，唯獨英文作文有內容不連貫與邏輯上的問題。上了我的課之後，他大幅度地改善先前的缺點，更連續兩年在北區大專院校的英文作文比賽中勇奪第二與第三名，他的老師都感到震驚。

因為英文作文的優勢，他報考翻譯研究所，他的中翻英還不錯，但是英翻中卻顯得「2266」。加上學校的招生名額不多，報考門檻又高，好幾所學校必須托福 100 分以上始得報考，他第一年

並未考取。但在此之前我已看出徵兆，我鼓勵他這次考不好的話，要不要轉考英美文學所？他的英文作文能力比較可以顯現出來。

那年秋季班他果然出現在我上的英美文學課堂中，還是坐在最後面的角落裡，唯一的不同是，他不再來問我問題。我可以隱約地猜出他不想讓其他同學知道自己是重考生，所以我也盡量不與他在課堂中對話。

他每節都準時上課，雖然我沒有與他有太多互動，但從他上課的態度中可以知道，他那一年的研究所考試大有可為！結果那一年他考上多間國立大學外文所，並且在我的 Facebook 留下他的感言：

給李正凡老師：

您好，我是 xxx。不知道您還記不記得我。

之前聽從您的建議，轉考英美文學所，果真讓我有國立大學唸了。真的謝謝老師當時的建議，這次報考文學所的學校都有上榜。前年沒考到真的是太丟臉，害得我都不太敢找老師問問題，只是一心想著自己有個國立的學校唸就好了，而且這次清大文學所也是因為家人的慫恿才報名的。要不然，我覺得自己實力不足，不會去報考，我想都沒想到自己會備取，成大也是，如果當時努力拚一點的話，搞不好會有更好的成績。

Regards

xxx

這個同學因為前一次的挫敗，信心大失，但是在我的建議加上家人鼓勵之下，次年的研究所考試大放異彩！原本是排名很後面的私校學生，因為英文能力與找到自己真正的專長，搖身一變，成為令人稱羨的一級國立大學外文所的研究生。

我的前一本書《秒殺英文法：你所知道的英文學習法99%都是錯的》發行時，曾經受邀至救恩之聲廣播電台的《心靈晚禱》錄製帶狀英文教學節目。主持人是我多年前的學生，大約將近三年沒有見面，轉眼之間，她已從學生變成主持經驗豐富的電台節目主持人。

　　我記得第一次看到她時，她是一所台北市排名很後面的專科學校的應用外語科學生。剛開始我們沒有太多互動，下課時她不像其他學生鬧烘烘的，總是在座位上安靜地吃著便當，複習我早上所教的課程。

　　她零星地寫過幾篇作文給我批改過，以專四生的程度來看，已有一定的英文能力，不過專四那年她只上一學期的課程，因此無法繼續督促她的英文寫作能力。專五的時候，她繼續來上我的課，並且與我有較多的互動，才知道她是個基督徒，非常熱愛英文，經常上教堂與外國傳教士講英文，所以講了一口流利的英文。我的課是在禮拜天，所以她「盛裝打扮」，是因為她是教堂禮拜的主持人。

　　雖然她的學校並不是什麼名校，她從來不以為意，認真地做禮拜，認真地讀英文。那年的秋天，她成為台北知名的國立大學應用外語系二技部的學生。她在二年級時申請到美國交換學生一年，融入講英文的生活情境中，口語能力又更上一層樓。回國後，她並沒有繼續讀研究所，應《救恩之聲》的邀請，擔任英文教學節目的主持人，舉凡收集教材、編寫節目內容都是她自己親力親為，看到她稱職的工作表現，真的替她感到高興。

　　我常跟同學講：「天生我材必有用，只有極少數的人可以樣樣精通，大部分的人都只擅長某幾樣事物，只要抱持恆心，徹徹底底把它做好，那就會造就出不凡的成就！」就像我這個學生，雖然先前唸的學校讀書風氣不盛，但她不因此氣餒，堅定自己的信念與專長，終於「守得雲開見月明」，開創屬於自

己的豐富人生。

多年前我去清大考碩士班時，遇見一位當時也去應考的同學，在等候口試時，他在我前面一號，於是我們就聊了起來。他是中部一所國立大學外文系夜間部的學生，半工半讀，熱愛英美文學。之後，我們雙雙考上研究所，但因為我當時在台北教書，所以就放棄了，而選擇台北的學校就讀。

我一直以為他選擇該所就讀，是因為他以夜間部的身分考上一線國立大學的研究所，實屬難得。當我再度碰到他時是將近十年後的事情，很湊巧的是這次我們又是一起報考某間國立大學的博士班，這次我們又雙雙考上台北知名一線國立大學英美文學博士班！

後來我才知道，他沒有讀清大的研究所，留在自己的學校讀研究所。我從和他的交往中了解，他求學的路途並不是很順暢。他原本是讀高工，但是他的興趣不在於理工而在於文學，由於考不上高中，只好被迫讀高工。畢業後他又被迫去讀二專，所以他花了五年的時間研讀他一點都不感興趣的理工科系。服完兵役後，他以半工半讀的方式完成大學英文系的學業，找到了他的興趣所在，一路讀上來，現在已拿到博士學位，在大學任教了。

我稱他為「高工英文博士」，他是我認識唯一從高工畢業，最後卻拿到英文博士學位的人。我也時常以他的例子勉勵同學，找到自己的興趣所在，發揮自己的專長，便可以一展長才！

一個人放在不對的位子上，有時再怎麼努力也無法有顯著的成就。找到自己的專長，便可以創造出自己的一片天空！

我始終相信，每個人都有學習另外一種語言的潛能，雖然後天學習任何一種語言都不是件簡單的事，但只要抱持著「4P」：Patience（耐心）、Practice（練習）、Perspirations（汗水、努力）、 Perseverance（毅力）與有效的學習方法，你也可以用英文逆轉人生！

國家圖書館出版品預行編目資料

英文秒殺口訣大公開 / 李正凡著. --初版.--
臺北市：平安文化. 2013. 06 面 ;公分
（平安叢書；第417種）（樂在學習；10）

ISBN 978-957-803-865-3(平裝)
1.英語 2.語法

805.18   102008487

平安叢書第0417種
樂在學習 010

英文秒殺口訣大公開

作　　者—李正凡
發 行 人—平雲
出版發行—平安文化有限公司
　　　　　台北市敦化北路 120 巷 50 號
　　　　　電話◎02-27168888
　　　　　郵撥帳號◎ 18420815 號
　　　　　皇冠出版社 (香港) 有限公司
　　　　　香港上環文咸東街 50 號寶恒商業中心
　　　　　23 樓 2301-3 室
　　　　　電話◎ 2529-1778　傳真◎ 2527-0904
責任主編—龔穗甄
責任編輯—張懿祥
美術設計—王瓊瑤
行銷企劃—馬佳琪
印　　務—林佳燕
校　　對—鮑秀珍・施亞蒨・熊啟萍・張懿祥
英文校對—鍾佳吟
著作完成日期—2013年2月
初版一刷日期—2013年6月

● 皇冠讀樂網：www.crown.com.tw
● 皇冠Facebook：www.facebook.com/crownbook
● 皇冠Plurk：www.plurk.com/crownbook
● 小王子的編輯夢：crownbook.pixnet.net/blog